われは歌えどもやぶれかぶれ

椎名　誠

集英社文庫

われは歌えどもやぶれかぶれ　目次

極悪ピロリ完全掃討戦記

標高二万七〇〇〇メートルの山

こんな話でいいのだろうか

サスペンストイレ

本文デザイン　アルビレオ
挿絵　沢野ひとし

われは
歌えども
やぶれ
かぶれ

極悪ピロリ
完全掃討戦記

不良老人組合仲間

こういうところに出てきて毎週ろくでもないことをほざいては走ってニゲルというコトになった。

この新シリーズでイラスト担当は数年前まで『週刊文春』の同じような二ページコラム「新宿赤マントシリーズ」でコンビを組んでいた沢野ひとしで、その連載を二十三年ほどやっていたからなじみの相棒だ。もっと言えば高校の同級生。さらにいえば不良同士。だから今は不良老人組合仲間だ。

沢野のイラストは、今年（二〇一六年）の四月まで本誌（『サンデー毎日』）で同じような連載コラム「ビールを飲む 空を見る まずは元気だ」でおつきあいいただいた、たむらしげるさんの爽やかな絵とはずいぶん違う不良イラストで、文章と絵でたがいに醜さをムキダシにして責任をなすりつけあう、ということをしていた。

『週刊文春』で連載を書いているときこの連載も十年ほど並行して書いており、もう一つ『東京スポーツ』にも週刊サイクルでコラムを書いていた。一週間に三つのコラムのシメキリ。まあ話題を見つけるのが大変だったときもあったがとにかく書いていけた。やればやれるもんだなあと思ったが、昔の中国の下請け工場みたいなもので粗製濫造により品質はどんどん劣化していったような気がする。それでまあ気がつくと週刊誌の二つのコラムから三下り半を突きつけられた、というわけだ。歳もとったし艪を漕ぐときも元気まったくありませーんとなってきたし、ちょうど潮時だろうなあ、と納得した。しかし週刊誌二誌に長いこと好きなハナシを適当に書いてきていてそれがいっぺんに無くなると、いきなり手持ち無沙汰になる。そのぶんまた増えてきている連載小説のほうに力をこめようと考えていたが、休んでいるあいだこういう世の中と併走していくような週刊誌コラムに書いたらこのはなしぜったい面白いだろうなあ、という出来事にときどきであう。それがもどかしかった。

もう懐かしい話題になりつつあるが、たとえばこのあいだの前東京都知事（舛添要一）の、ありゃあなんだというような江戸時代でいえば市中ひきまわしみたいな顛末は当事者がモロに悪代官面しているだけに面白かった。そのとき「第三者の厳しい目で精査して」というのを何十回も聞いて、これは流行り言葉になるだろうな、と思ったがそうでもなかった。効果的なつかいかたが難しいようだ。

でもまあ議会ではその「第三者」というのに期待したけれど、あれで第三者はないですなあ。むしろ当人代理。ヤメ検というのだそうだけれど、あの人も実に魅力的なキャラクターで、リーガル・サスペンス映画だったら一番個性的。あの人が検事の現職のとき、調べられる人は怖かったでしょうなあ。

でも自民党のもっと悪い奴があの騒動に隠れてうまくたちまわり、ひそかに安全圏に逃げ込んでいったようだった。騒動のあいだ「睡眠障害」で病院にひそみ、安全確認できたらイタチが穴のなかからそおっと顔を出すようにして退院してきたという。おいおいおとっつぁん。「睡眠障害」で三十年ぐらい悩んでいる当方からしたら、ヤバイときに都合よく発病して問題が通り抜けたら回復したなんて安易なことを言わないでほしい。「睡眠障害」をなめないでほしい、と憤ったものだ。どうも顛末からいうとこの人は悪代官より本質的にずるいような気がする。けれどその風貌といい立ち居振る舞いといい黒澤映画なんかだったらやはり個性的ないい悪どころになりそうですなあ。

まあ、そんなことをほざきつつ、毎日ビール飲んでいたらこの再開コラムの第一回の締め切りになっちまった。

まず通しタイトルをきめなければならない。前シリーズは「ビールを飲む　空を見る　まずは元気だ」などというファイト一発みたいな健康タイトルだったが、休んでいる三カ月のあいだに二十年も歳をとってしまった。計算があわないが玉手箱をあけてしまったのですよ。

そこでここにある本書のようなタイトルになった。少し説明するとぼくは高校の頃、イラスト担当の沢野と同じクラスでお互いに勉強ができなかった。なぜかというと勉強しなかったからだ。授業中は主に本や雑誌を読んでいた。

雑誌は文芸誌が多かった。

あるとき読んでいた小説は、主人公が真夜中に小便をしたいのに出なくてあれこれ悩んで、苦しみ愚痴る様がくどくど書かれている。便所に行っても出ないから廊下の戸をあけて外に出て庭石にむけてしたら少しは出るのではないか、などとうじうじ迷う話がずっと続いている。

まあ今思えば前立腺を患った著者の夜中の苦闘なわけだが、高校生のぼくは前立腺というのも、その病気で小便が出にくくなるというのもまるで知らない。

それでもその小説の題名が『われはうたえどもやぶれかぶれ』という変わったものであることは覚えてしまったし、面白いんだかそうでもなかったのか記憶はないが結局最後まで読んでしまった。そうして沢野にもこの雑誌を読ませたが、彼もなんで小便が出なくて苦しんでいるのかわからずふたりして少し考えこんだ。

その後、ひょんなことで自分が作家になり、この小説を思いだしたので調べてみたら作者は室生犀星で、雑誌は『新潮』だった。そのとき犀星の年齢は七十二歳である。

高校生だったぼくと沢野は今年その七十二歳だ。偶然とはいえ不思議なツナガリの破片みたいなものを感じた。

幸いぼくも沢野も目下のところ小便は元気よくジャカジャカ出る。互いにサケもよく飲んでいる。とくにぼくはビールは毎日飲むので余計ジャカジャカになるのだろう。これがもし出ないようになってしまったら苦しいだろうなあ、と今になって犀星のあの苛々や愚痴の連発の意味がわかるようになった。七十代になると体力がガタリと落ちる、ということも実感している。若い頃に格闘技をやっていたから、全身の筋肉の劣化は寂しい。この連載はつらく揺れて漂うものになる可能性がありますな。

最大限仮眠魔人間とは誰か

文壇づきあいはしないし、出版社のパーティやその流れでのひらひらドレスのおねーさまのいる銀座などにもいかないから知り合いの作家はあまりいない。作家同士会って話をしてもしょうがねーじゃねという気持ちがあるからね。

数人だけ憧れている先輩がいる。たとえば嵐山光三郎さん。東海林さだおさん。それからジャズピアニストの山下洋輔さん。

嵐山さんは早くから「老人は不良であるべし」と宣言していて本人も正統派の不良老人でスキがない。冬になるとハンフリー・ボガートの演じたフィリップ・マーロウみたいな帽子をかぶって宮沢賢治みたいな黒マント着て夜の赤坂の路地から路地へとさっと消えていく。ああいう人にわたしはなりたい。

七月のおわり頃、赤坂のサントリーホールで山下洋輔スペシャル・ビッグバンドのコンサートがあった。何年かに一度、大編成の、つまりビッグバンドの公演があって、前回は「ボレロ」だった。まったくすばらしくしばし感涙した。今年は「新世界より」である。おお！　でもおれはその日大阪で浪速のド根性軍団と生ビールで百人乾杯をする用が入ってしまっていていけなかった。悔しいけどやはり洋輔さんファンであるうちのおっかあ（テキともいう）にチケットを泣きながら譲った。

翌日帰宅して「どうだった」ってテキに聞いたら「もうすべてステキだったわ」と声がうわずってる。それでまあその夜からまた山下さんの本をかたっぱしから読んだ。三読四読、五読のもある。外は暑いし、前日飲みすぎて原稿仕事をする気力もなかったからね。

山下さんはずいぶんたくさんの本を書いていていてぼくは殆ど持っているが、ベストを集めたエッセイ・コレクション（晶文社刊）は何度読んでも笑いまくるハードカバー全三巻の堂々たるタカラモノ本だ。洋輔さんと坂田明さん小山彰太さんのトリオがヨーロッパ各地を転戦（演奏のためだ）する旅話ときたらどこをひらいてもまことに抱腹絶倒。

抱腹絶倒といったら腹を抱えて倒れなければならないが本当にそうなんだ。後ろに倒れるとあぶないから前をよく見て倒れたほうがいい。洋輔さんはマタタビ話の天才で、そこであちこち多彩に使われている用語や表現にまいって、よくぼくは無断盗用した。「コンバットツアー」とか「ドバラダ乱入」とか「イカネバの娘」とか。無断盗用だったのでせんだってお目にかかったときにヒラグモと化し、まとめてお詫びした。ほらもう「ヒラグモ」も盗用だ。

世界的に有名なジャズマンの日本語表記、にこういうのがある。ちょっと前の東スポプロレスの見出しみたいでいいんだなあ。

褐色光線……レイ・ブラウン

貝殻人間……シェリー・マン

体育館雨模様……ジム・レイニー

最大限仮眠魔……マックス・カミンスキー

最小限放屁……チャーリー・ミンガス

不治肩凝り……ジョン・コルトレーン

勃起時不能論……タッド・ダメロン

洋輔さんだけじゃなくいろんなジャズマンが命名に加担しているようだけれど、こういうのにすぐ反応していく洋輔さんの感覚がとにかくいいのだ。

ゲラゲラ笑っているうちに一夜あけ、締め切りが接近しつつある原稿を書かねばならない。『SFマガジン』だ。SF好きのぼくはもう二十年ぐらいここに連載している。

原稿枚数もテーマもまるで自由で「放し飼い」みたいなものだ。今回はSFテーマのプロパーであるタイムマシンについて二十枚書く予定。人類は「未来」や「過去」に本当にいけるのか。むかしからいろいろな人がいろいろ語っている。

「未来」への飛翔を頑強に妨げるのがアインシュタインの特殊相対性理論「ナニモノも光速を突破できない」で、SF者にはちと辛い理論だ。でも光速に近いスピードを出すロケットに長時間（数十年とか）乗ってよその銀河系近くまでいき地球に帰還してきたら時間旅行に近い現象が起きる。

光速に近いスピードをだせるロケットに乗った宇宙飛行士の時間は、地球にいる人よりも遅くなるのだ。具体的にいえばそういうロケットに乗って宇宙にいく人の娘が当時幼児だったとしても地球に帰還したときはその幼児だった娘は宇宙飛行士よりもはるかに歳上のおばあさんになっている。

『インターステラー』という映画がそのへんの衝撃と感動をはじめて描き秀作だった。

冷凍睡眠などが本当に実現し、ロケットの宇宙滞在時間が百年とか三百年になって地球に帰還しても、地球は何億年も経過していて彼らが宇宙に旅立ったことなどその時代の地球の住人は誰も知らず、宇宙人だと思って攻撃してくる可能性があり得るのだ。

一方「過去」へいくのは相当むずかしそうだ。たとえば江戸時代にいく、といってもこの地球のどこに江戸時代があるのだ。

ホーキングは「宇宙ひも理論」を例にして語ったことがある。ハナシを簡単にするために大胆に解釈すると、本当はたくさんのいろんな宇宙（並行宇宙）があって、そのなかにはたくさんの地球がある。そのうちの江戸時代の地球にいけばいい、という理論だ。

ずっと以前読んだＳＦの短編にこんなのがあった。はるか未来、なんらかの方法によって「別時間」に人間を送りこめるようになった。そして極悪犯罪人は「過去」に送られる。ようするに昔の「島流し」と同じで「時間流刑」だ。

カンブリア期に送られた流刑者は、ほかのどの時代にも逃げられないため行動は自由だが何も娯楽はなく命の時間だけがある。暇のあまり毎日三葉虫（さんようちゅう）を釣りにいっている。あの面妖なる生物はいかにもキチン質ばかりで齧（かじ）るのも大変そうだ。大漁でも楽しくないだろうなあ。

この夏の東京は蚊と蠅とトカゲが足りない

三十代から四十代の頃、世界のいろんな秘境、辺境にそれぞれ一〜二カ月かけて行っていたが、ある砂漠では呼吸する空気が喉に熱くて痛い、という体験をした。まだ東京はそれほどの危険な空気にはなっていないが、このままでいくと二〜三十年後ぐらいにはそういう砂漠のような空気になっているかもしれない。

一八六一年にイギリスのバークとウィルズの探検隊がオーストラリアの砂漠で熱さのために遭難死している。熱死する隊員が相次いだのだ。温度は四八度説と五二度説がある。温度計が壊れてしまって正確にはわからなかったらしい。凍死はよく聞くが熱死も辛そうだ。唇がぱんぱんに腫れて喋ることもできず、髪は逆立ち、爪は小さくなって全部割れたという。また彼らの荷物の木箱のクギだけが勝手にどんどん抜けていったらしい。

ぼくは日本人、オーストラリア人、イギリス人の五人で彼らの遭難現場を目指した。

バークとウィルズの探検隊のときは馬とラクダによる移動だが、我々は四輪駆動車だからはるかに楽だ。しかし現場近くになると土地が荒れていてもうクルマは入れない。いいんだか悪いんだか十五年ぶりの気象異変で温度は例年より低い、という話だった。それでも朝方で四三度あった。クルマに冷蔵庫はないから水筒をドブ川の水で濡らしたタオルで包み四輪駆動車の前部にくくりつけて走ると気化熱でいくらか冷たくなる。それが唯一うれしかった。

その遭難探検隊の記録『恐るべき空白』（アラン・ムーアヘッド、木下秀夫訳＝早川書房）を読むと、遭難の手記を書くのに鉛筆を使おうとする。しかし鉛筆の芯に入っている鉛成分が溶けて紙の上に流れてしまって使えない。インキとペンという当時の筆記用具としては一番正しい方法で書こうとすると、ペン先にインキをつけ、ノートに持ってくるまでのあいだにインキが乾燥してしまいやっぱり書けない。遺書を書くことができない熱さとは残酷すぎるではないか。

このときおれたちは砂漠に生きるネイティブであるアボリジニに助けられた。彼らが食べている砂カエル、砂トカゲを焼いたものを貰って食べた。これらの生物も地表は熱すぎるからみんな地中に入ってじっとしている。我々が一番苦しめられたのは蠅であった。これは濃密な群れとなって常にまわりを飛びかっている。そして人間の口のまわり、鼻の穴のまわり、目のまわりにひっきりなしにたかってくる。蝿たちは少しでも水分のあるところを狙ってくるのだ。

だから常に自分の顔のそのあたりを手で払っていなければならない。一週間ぐらいで慣れていったけれど、鬱陶しさはずっと続く。

むかしビアフラあたりで子供の目に蝿が二〜三匹たかっている写真をセンセーショナルに載せていた新聞などがあったけれど、あれは行くところに行けば当たり前の光景なんだな、とわかった。

だからその数年後に行ったゴビ・タクラマカン砂漠への旅はだいぶ様子がちがって砂漠にもいろいろあるのだなあ、ということを知った。

そのときはこっちが探検隊だった。「日中共同ロプノール楼蘭(ろうらん)探検隊」といって中国と正式な契約を交わしていた。

でも今度はパウダーのような砂との一カ月のタタカイの旅だった。このときわかったのだが砂漠といってもオーストラリアのように乾いて硬い砂漠とサハラやタクラマカンのように乾いて軟らかい砂漠には大きな違いがある、ということだった。

タクラマカンは草や木が殆どない。川も完全に乾いていて塩の川になっている。むかしの旅人はその砂漠を「空に飛ぶものなし、地に這(は)うものなし」と言って恐れた。タクラマカンという名称はウイグル語で「一度入ったら出られない」という意味らしい。

乾きすぎているので蠅も蚊もヘビもトカゲもいない。そういう意味では楽だが、砂が生きているように常に全身にまとわりつき、砂嵐がきたら地形が変わる、と言われた。

暑さは三五度ぐらい。乾燥しているのでそんなに辛くはない。けれど常に体中から水分が蒸発している、という感覚はあり、喉の渇きと水とのタタカイが辛かった。探検隊員には一日二リットルの水が与えられた。渇きと、背中のザックの水筒の中で常にポチャポチャいう水の音の誘惑とのタタカイだった。

ときおり小さなタツマキを見た。ちょっとでも植物が生えているオーストラリアの砂漠との違いがそういうところにある。植物があると小さな動物がいて蠅が発生する。どちらも過酷に変わりはないけれど。

北極圏の夏のツンドラは蚊とのタタカイだった。世界三大獰猛（どうもう）蚊はここととアマゾンとシベリアの夏のタイガと言われており、ぼくはその全部に行ったが北極圏の蚊がいちばんしつこく、体と神経を攻められた。キャンプの最初の晩に刺されまくり、一度刺した上にまた刺してくるので、朝になると顔全体がボコボコになっているのがわかった。腫れすぎて目が思うように開かなかった。カガミがなかったのでどうなっているのかわからなかったが手で撫（な）でると腫れたお面のようだった。

しかしおれは常に日焼けしていて漁師のような肌になっているので翌日は耐性がつい

てもうそんなに腫れなかった。

けれどめしを食うとき、北極圏の人はバノックという無発酵パンのお粥を食べるのだがその上に蚊がばんばん落ちてくる。いちいちつまんで取り除いている余裕はないので「フリカケ蚊だ」と自分を騙し、フリカケがあちこちでピクピク動いているお粥を食べた。一週間のキャンプで三千匹ぐらい食ったように思う。ああいう夏を思いだすと、目下の日本の夏なんて可愛いものだ。第一、蚊も蠅もトカゲもあまりいないではないか。

でも二〜三十年後はわからない。原発がふたつみっつハレツして東京湾が干上がり、放射能怪物が上陸してくるかもしれないからなあ。

東京の
夏は
冷淡で
ある。

いまこそレンコンの声を聞け

このあいだ「夏野菜ザクザクソーメン」というものを釣りおよび焚き火キャンプ仲間十人ほどで作って食った。タレの中にこの時期にとれる野菜をサイコロみたいに小さく切って大量のザクザク野菜にする。

夏野菜というといまはキュウリ、ナス、シシトウ、ミョウガ、サヤインゲン、レンコン、ピーマン、オクラ、あまり辛くないトウガラシ、それにこまかく切った葉菜群団、リーダーの薬味として経験の長いナガネギ、ショウガ（千切り）、ウメボシが参加してくる。

ドンブリにこまかい野菜をうかべたタレをドバッと入れ、そこにソーメンをぶっこんで腹が満杯になるまでひたすら食う。なにかすごくおいしくて複雑な味がくみあわさり、体にもいいみたいで人気だった。

生のレンコンの歯ざわりがよくて、長いことレンコンが苦手だったぼくの体内カクメイがおき、レンコンに謝った。

「あなたは実はこんなに歯ざわりがサクサクシャキシャキしてまるで江戸っ子じゃあありませんか。おみそれしやした」

それまでぼくがレンコンに抱いていた気持ちは一種の差別意識だったかもしれない――というコトにも気がついた。何にたいしてそんな意識がはたらいたか。

簡単にいえば全身にあいている「穴」である。

包丁で輪切りにすると不定形の穴がいっぱいあらわれる。大きさはどれとしてぴったり同じというわけではなくみんな適当だ。この不当に多い穴はなんのためにあるのか。それにどれだけのレーゾンデートルちゅうやつがあるのか。

いくら考えてもわからないが、あれだけ穴があいていると穴によって全体の大きさがそうとう膨らんで見えている筈だ。

同じ色白のダイコンなどとくらべてごらんなさい。ダイコンを輪切りにすると真っ白で緻密な円形平面をあらわにする。そこには意味不明の空間を作って体全体を大きく見せる、というハッタリ的邪心は感じられない。それにくらべてレンコンはどうだ。

あのおびただしい体内の空間によって実際には「食えない空間」をどのくらい違法にふくらませているか。不当体積表示法にひっかかっている。

そういうまやかし、よこしまなココロがわたくしのような「夏野菜評論家」からすると許せなかったのである。どうです。このへん論理的にも説得力があるでしょう。

しかし被告側の証人が二人登場した。

スイカとカボチャである。

スイカといったら夏野菜界の王様、大財閥である。そのどこから見ても太っ腹で堂々とした体格からしてスイカの発言のひとつひとつにはいつも重みと説得力がある。

スイカは言った。

「わたしを真っ二つに切ってください。赤い体内のいたるところに黒くて目立つ種があります。これはそのままでは食べられない。

わずかに中国雲南省の少数民族、狒狒族がこの種をあつめて太陽の下でカラカラに干して保存し、冬になると軽く煎ってプチプチ食べると言われています。

しかし多くの人にとってはこの種はただもう邪魔なものです。だから口の中から種だけ上手にプップップップと吹き出してカンカラなどに命中させてお金をもらう『スイカ種とばし芸人』がいるでしょう。

多くのひとにとってこの必要のないものを体内にたくさん持っているわたしは、厳密にいえばたくさんの種で全体を大きく見せている不当拡大成長という、一族として継続犯罪をおかしてきた、と指摘しようとすれば出来るはずです」

続いて証言席にカボチャが座った。

「おらは親戚のスイカに説得されてここに来たんだけどもよ、おらの体の中には、スイカなんかよりも大きくて重い種をいっぱい抱えている。種だけあつめて目方量ったらどのくらいになるんべえかな」

カボチャはそう言ってあちこちでっぱりのある体の縦筋を撫でながら証言席を降りた。

検察がレンコンを証言席にすわらせた。

すぐに質問がはじまる。

「あらためて根源的なことを質問しますが、あなたの体内のたくさんの『何も入っていない穴』をあなたは何のために保持しているかわかりますか。自分で分析したことがありますか」

「自我意識を持ったときにはもう体のなかに無数の空間的な穴があいていて、気づいたら困惑しているだけでした」

「そういう体で生まれたことをどう思いましたか？」

「不幸なことだと思いました。だってなんの役にもたたない仕組みなんです」

ここで弁護側はあらたな証言者をよびだした。小さな生物ばかりであった。将来川の雑魚（ざこ）になるだけの小魚、雑エビなどの甲殻類、卵から孵（かえ）ってきたばかりのカエルのあかちゃん。おぼつかない泳ぎしかできないのであぶなっかしいヤゴたち。ちゃんとトンボになって大空を舞えるかどうかまだわからない。

この小さな生き物たちが集まってきて一斉にレンコンに挨拶した。レンコンの日常は浮力をもち、絡み合って流れのなかに安定している水中浮遊体としてのレンコンだった。

そのことを小さな生物がそれぞれ気弱そうに言った。

「そうか」ぼくにようやくレンコンの体のなかの不可思議なたくさんの連続閉鎖空間の意味がわかりかけてきた。レンコンはあの体内の閉鎖空間を浮力として保持し、川の流れに逆らいながら、その身体（からだ）を閉鎖進化のなかにとどめておいて今日の多様性社会の一助をなしてきた。しかし、レンコン自身はそこまで深く認識しているかどうかはわからないのである。カリカリコリコリしてうまいですね、とぼくあたりの人間が絶賛している程度でまあいいかもしれない。

函館はアジアの街のようになっていた

八月のおわり頃、北海道新幹線で函館（はこだて）までいってきた。東京駅から「新函館北斗（ほくと）駅」まで約四時間。長いようなそれほどでもないような。

新青森あたりの車窓風景はいちめんの緑。夏のおわりを思わせる曖昧な雲が出ている。そういえば今年は何回ぐらい盛夏の「正しい入道雲」を見ただろうか。ヘンな夏だったものなあ。

今は「われはやぶれかぶれ」などと言っているが、少年時代のぼくは典型的な「われは海の子」だった。

海に近いところに住んでいたので、夏休みなどは殆ど毎日海へいって泳いでいた。遠泳が好きだったのでかなり沖までいく。疲れて背泳ぎで少し休むと頭の上にそれはもう見事で怖いような「入道雲」があった。よく見ているとあれは常に少しずつ動いている。ぼくが子供の頃は東京湾の雲はあくまでも白く、海は蒼（あお）かった。まだ日本の自然環境が辛うじて正常な頃だったのだろう。

　夏の終わりとはいえ、北へいく列車からはそういうくっきりした雲が全然見えない。

　でもまあよく考えてみると、その頃、北海道には台風11号が接近中であり、本州にむかって台風9号が北上中だった。

　日本中の大気が不安定になっています、と家を出るときテレビのお天気おじさんが言っていたっけ。

　やがて青函(せいかん)トンネルに接近してくる。

　車内アナウンスが説明をしてくれる。

　全長約五四キロ。そのうち海底をいくのは二三・三キロ。海面から海底まで一四〇メートル。そこから一〇〇メートル下の地中をこれから行くのだ、ということを知った。

　そんなことは開通時にいろいろ発表されていたんだろうけれど、いざ自分が実際にそういうところを走らないとなかなか実感のある距離と深さにはならないものなのですなあ。

　ぼくは閉所恐怖症なので、これらの数字をアタマのなかに具体的に図式化するとにわかに息苦しくなった。

　そうか、自分はそんなところを突っ走っていくのか。なんていうことだ。大間(おおま)のマグロよりもはるか下にいるのだ。もしそのあたりで停電して止まってしまったら……などということを考えるとパニック気味になる。やってきた車掌さんの足にすがって「大丈夫ですよね。そんなこと急におきたりしませんよね、ね、ね」などとやりそうで怖い。

そのかわりぼくは高所は平気で、むかし、テレビのドキュメンタリー仕事で外国の海にヘリコプターからダイビングギアをつけて飛び込んだことがある。人間は不思議なものだ。

もうひとつ最近あたらしい恐怖症が加わって、街なかなどで中国人の団体の中に入り込んでいるときがどうも焦る。

今回の函館の旅は雑誌の取材だった。函館はいま中国人、台湾人、韓国人、その他紅毛碧眼(こうもうへきがん)の人だらけになっていて観光地的なところにいくとそれらの人だらけだ。東京は観光地が分散するからまだいいのだろうけれど、こういう地方の、観光施設が集中しているところは、もう完全にそれらの人々に占領されているのを実感した。ワアワア、ワアワア大声あげて移動していくから海を見て津軽(つがる)海峡に旅情をはせる、なんて余裕は瞬時もない。

ホテルのチェックインに待たされる時間もハンパじゃなくなっている。別々の二人の男が三人しかいないフロント嬢の二人を独占し、なにやら延々と交渉とか宿泊手続きなどをやっている。三十分ぐらいはその二人が（別々に）いろんなことを聞いてフロント嬢を独占していた。だからみんな待たされている。

なんだろうと思ったら男二人がパスポートの束を握っているので理由がわかった。

そのための事務手続きなら仕方がないが、それらはもうおわり「函館山は何時頃いくのがいいんでしょうか」とか「見晴らしがよくて広くて安い、海のそばのレストランはどこですか」などということを聞いている。

そんなものあらかじめガイド本でも読めばわかることではないか。

ほかのチェックインの客を待たしてそういう質問にいちいちまともに答えているフロント嬢のほうも「全体」を考えるバランス感覚がほしいところだ。だからどこへいってもホテルのフロント前は人だらけ、という異様なる光景だった。

ホテルや娯楽施設のトイレには三カ国語ぐらいの「注意書き」のステッカーが貼ってあっていずれも「トイレでつかった紙は個室のなかにばらまかず便器に入れて流して下さい」という内容だった。

中国人の団体客が来たあとのトイレは糞（くそ）のついたペーパーだらけ、という苦情は東京のレストランなどでもよく聞く。

ミシュラン星の函館港散策コース
シーナーさん
ミシュランですよ
きみちゃん
你好
是的
今日は人が少ないです
ワッセワッセ

でも、これは仕方がないところがある。中国や台湾等の水洗便所は排水管が細く、紙をいれて流すとすぐ詰まってしまってオオゴトになる。そこで個室には使用済みの紙をいれる大きな籠がたいていある。

でも日本は紙を別にする習慣はないから、紙をいれる籠がなくて困った彼らはそこらに捨ててしまうのだ。あとから入ってきた同じツアー客もそれにならう。

日本側の対策は、必要はなくても個室に大きな籠をおいておく、というのが一番効果的な気がするのだ。

有名観光地やむこうのガイドブックかなにかに紹介された食堂の前も長蛇の列。だから取材は本来の目的を失い、まあこんな時期にさして情報収集せずこんなところに来てしまったおれたちがアホだったのだ。ときおりの激しい雨のなか、完全に「退散」という気分で帰路についた。

今度は関東方向からやってくる台風9号とどこかで正面からぶつかることになる。途中三時間停車、などという最悪の事態にはならないよう、逃げるように、いや祈るように北から帰ってきたのだった。

ユデタマゴとしてみた地球

地球をでっかい包丁でまっぷたつにするとユデタマゴに似ている、ということに気がつき、ユデタマゴを見ていて飽きない。という初めての体験をした。

二つに割ったユデタマゴの断面を見ながら、子供むけに書かれた宇宙の本を読んでいたのだ。しだいに夢想が躍った。

『地球・宇宙図鑑』という本である。地球を輪切りにした絵が最初に出ている。

地球の真ん中に「核」とよばれる、ちょうどタマゴの黄身のような円球がある。

「核」は合金による固体と液体で構成されているが、一番真ん中は高剛性の、まあ簡単にいえば固い地球の中心核だ。

そのまわりを液体と固体がまじりあったような流体金属がとりかこんでいる。

これらが黄身のような位置になる。

核のまわりは「マントル」だ。タマゴの白身に状態が似ている。これが常にとてつもない高熱で燃えて動いている。

そういう意味ではユデタマゴというようなおとなしい存在ではなく、いくら煮えても凝固しないナマタマゴとでもいおうか。

まあ、こういうことは小・中学の頃の理科で習ってきたわけだけれど、頭で観念的に理解したつもりでいるだけで、よく考えると地球にいま住んでいる人々は自分たちが住んでいる感覚的に有機体のような（つまり生きている）地球のことをあまり本気で考えていないような気がする。だから危機的に地殻の薄いエリアで核実験をしたりする。

これは危ないぞ。超がいくつもつく、とてつもない破壊力のある核実験などをそういうところでやると地殻に穴があき、そこからマントル＝マグマが飛び出してきてえらいことになりそうだ。ナマタマゴを落として割ってしまうのとわけがちがう。

こういう構造を自分がわかりやすく理解するためにぼくは「縮尺のロジック」をよく持ち込む。

地球を直径一メートル（一〇〇センチ）の球としてみる。

するとさっきタマゴの黄身になぞらえた中心核は鉄とニッケルでできていて約二〇センチである。

そのまわりを液体化した鉄合金が約一七センチの厚さでとりまいている。

ここまでを「タマゴの黄身」とするとそのまわりをマントルが二三センチの厚さで対流しながらとりまいている。

普通のタマゴより白身（マントル）のとりまいている幅が狭いが全体が円球だから白身の量はがぜん多い。

白身白身としきりに言っているが実は燃えている鉄とニッケルだから「赤身」と言うべきか。マグロじゃあないんですがね。

それを外側でひとまわりとりかこんでいるのが地殻で、まあこれはタマゴの殻のようなものだろう。

対流するもの凄（すご）い量のマントルにくらべるといたってはかない殻だ。構造としてはこの地殻の下にいくつかに分かれたプレートがあって、こいつがしばしば動き、その度に地震を起こす。それがどんどん活発になっていくと地殻変動を起こし、太古から地表の大陸を移動させたりくっつけたりしてきたのだ。

地殻の厚さはタマゴの殻のように均一でなく〇・四ミリから二・四ミリぐらいである。やっぱりずいぶん薄く頼りないところがある。

地殻の上に土や砂や草や木があり、山があり、川が流れている。でもこの地殻の上で生物が生きている層は布みたいなもので〇・一ミリ以下。

マントルに押し上げられてできた一番高い山はエベレストで〇・七ミリ。

空気のある層（空気対流圏）は一ミリから一・二ミリしかない。地球をとりかこむ薄くはかない層だ。

航空機はこの一ミリぐらいのところを時速一〇〇〇キロぐらいで飛んでいる。空気と真空の境目（薄い空気対流圏）を行くのがジェット効率がいちばんいいからだ。

飛行機に乗ると、落ちる心配ばかりしている人が多いが、その逆に「上がりすぎる」心配もある。

『亜宇宙漂流』というSF小説では、なにかのはずみで旅客機が空気対流圏を飛び出してしまう。つまり宇宙に出てしまうのだ。旅客機は一応の気密と酸素供給もなされているが、いったん実質的に「宇宙船」になってしまうと、今度は鎧（よろい）のようになった空気対流圏に邪魔されて、なかなか地球の大気圏に降下することができない。

直径一〇〇センチの地球ではこの空気対流圏の外側がいわゆる成層圏で地表から四ミリから五ミリのあたりになる。

その上の五ミリから六ミリあたりまでは中間圏と呼ばれており、その外側二センチから三センチより上のあたりが熱圏と呼ばれている。

スペースシャトルは、この熱圏あたりを周回している。直径一〇〇センチの地球から

ハイ0.1ミリに
お注射しましょうね
あんたは
もう危篤状態だよ

みると宇宙といってもそのスケールはたいしたことはないのだ。

イメージとしてはスペースシャトルは地球を十個も二十個も積み重ねたような宇宙のはるか彼方を飛んでいるように思うが、実は上空のほんのそこらを飛んでいるだけなのである。この外側を外気圏と呼び、七〇センチから八〇センチぐらいの幅だ。

このように地球の表面から上は「空気対流圏」「成層圏」「中間圏」「熱圏」「外気圏」の五層に分かれていて地球の力の及ぶ範囲はこの一番外側「外気圏」あたりまでらしい。一〇〇センチの地球のまわりを八〇センチぐらいの厚さの大気と、真空宇宙が五層になって地球の引力に制御されている。

だからこの超ミニチュア宇宙で地球の力の及ぶ範囲を考えると全体は約二六〇センチぐらいの球体になり、わずか約五〇センチの地球の「核＝黄身」がこの球体の「肝ったま」になっているのがわかる。

極悪ピロリ完全掃討戦記

ピロリという細菌がいる。小さなイモムシ形をしていて頭か尻のほうにかなり長い触手のようなものを二〜三本はやしていていやらしい。これらを素早く動かして移動する。もちろん顕微鏡レベルでしか見えない。

胃を中心に棲息（せいそく）している。万病のモトで、顕著なのは胃炎になったり胃潰瘍になったりして最終的には胃ガンを誘発する、というあくどい奴だ。最近の調査では過去から今日まで胃ガンの九〇パーセント以上がこのピロリ菌のしわざと言われている。

胃はこういうフラチなやつが棲息できないようにことのほか強い胃酸をだして排除につとめているらしいが、こんな細菌レベルのやつほど耐性力があってどんどん強くなっているという。そして日本人の男（なぜか女は下回る）の五人に一人がこのピロリに胃を侵されているそうだ。

ぼくは二年前の人間ドックの胃カメラでこいつを発見された。胃というのは単なるフクロではなく、沢山のヒダヒダに囲まれていて細菌からいったらやわらかい山脈の続くその濃密なヒダヒダに隠れていろいろ悪いことをしているらしい。

　これを駆除するにはかなり強い抗生物質を朝夕、七日間正確に飲みつづける。必須条件があって薬を飲む前の一日と飲んでいる間ずっと、飲みおわったあとの二日、いっさいサケを飲んではいけないのだ。

　この何十年間、毎日ビールぐらいは瓶にして二〜三本は飲んできたダラク者には、そうとう厳しい「掟（おきて）」である。

　ちょっとぐらいいいだろうへへへ。などと甘く見ていると必ず失敗。最初からやりなおさなければならないのだ。そういう数々の失敗談を医師から聞いて考えた。

　やるからには絶対完遂させよう。それにはなるべくソトで人に会わない期間を選ぶことだ。ふだん三日に一度は新宿の居酒屋で誰かしらと飲んでいる。仕事の打ち合わせもあれば「なんとなく」という場合もある。

　カレンダーとスケジュールノートを見ていくと一月元旦から五日までは完全に家にいることがわかった。六日から仕事がらみの、まあ「新年会」なんてのがはじまるがこれはドタキャンでいこう。むこうは酔ってくれればぼくがいなくてもすぐ忘れてしまうだろう。そうして元旦からタタカイ開始。この日はクスリは飲まず普通の食事だけ。

しかし家でサケ飲んでいるときは結構古女房といえどもいろんな話をして夕食に一時間ぐらいかかっていたが、オサケを飲まないと五分から長くて十分で終わってしまう。学校の給食だってもうすこし時間をかけるだろうになあ。

時間があまってしょうがない。といって大騒ぎして出演者が自分で楽しんで笑いあっているテレビなど蹴っ飛ばして見えなくしてあるから、ここはストイックに毎日カキオロシの原稿を書くことにした。軽いもので一冊分で二百五十枚。飲まない日（十日間）で割ると一日二十五枚だ。

元旦から原稿を書いていく、というのも囚(とら)われに近い者としてはいっそ気持ちがいいもんだ。窓の外にはあおい空。近所でピアノがゆったりした旋律で練習をしている。

そのようにして三日すぎた。アルコオル常飲者にはこの三日の壁というものがあると聞いていたが、やはりきましたねえ。少し気持ちの底のあたりがイライラし、窓の外をとおりすぎる近所のネコにも「コラ、おめえの年でもねーくせに」などといちゃもんをつける。夕方になると精神的にシチテンバットウの気分になる。

しかしそのときぼくの胃のなかではピロリどもだって初のコウセイブッシツの無差別攻撃の下、シチテンバットウしている筈だ。

「こらあ、もっとくるしめ。クソピロリどもめ！」

後半六日目ぐらいになると通過した日をバツ印で消したあとを何度も見て、一日バツを付け忘れていないか、などと未練たらしく何度も確認にいく。

原稿は意地も加わって毎日キチンと二十五枚ずつ進んでいた。このへんやはりおれはプロなんだ。もっとも原稿書くのに気持ちを集中させないと一日の過ごしかたがわからずどうしようもない、というのも事実だ。

そして七日分、全部キチンと抗生物質を飲み、あと二日、何も飲まない最終コースに入った。マラソンでいえば大観衆のスタジアムに拍手に迎えられて入っていく気分だ。

「新宿自堕落酔っぱらい男もやるときはやりますね」

「いや、でも本当の勝利はすぐにはわかりませんからね」

医師に言われていた。ピロリというやつはISのごとくなかなか狡賢(ずるがしこ)くしたたかで、この薬品投与時期は胃の奥の深いヒダヒダにじっと隠れていたり、十二指腸のほうにいったん避難していたりしてなかなかしぶとく、この薬品による駆逐は八～九割と言われています。

「ひええ、そうすると失敗したばあいはまたあの苦悩の十日間を……」

「ええ。でも、すぐにはできません。まず半年から一年後に残存を確かめないと」

……そういう苦難の経緯のあと、先月ゲリラISを捜索する検査をした。これもまた結果が出るまでかなりの神経戦だ。

「まだいました！　しかもウヨウヨ」なんてことになるとヤケザケですな。「もういいやあ、おれなんて……」ってやつだ。

結果は電話できた。

「見あたりませんでした。もう大丈夫でしょう」

「やった！」。これからはもうアマゾンとかメコン川の水を飲んだり犬やネコとキスしないかぎり罹患（りかん）することはないでしょう。そう言われた。今のところネコや犬の愛人はいないからまず大丈夫。

先週のニューヨーク

久しぶりにニューヨークに行ってきた。仕事ではなくまったくのプライベートな用事なので気は楽だが、相変わらず片道十四時間は長い。行きも帰りもＡＮＡのビジネスクラスにした。七十歳をすぎたのだからそのくらいの贅沢をさせてもらうことにした。なかなか賢い設計になっていて隣の席の客とはかなり離れていて個室感覚。寝るときはシートが完全に平らになる。

今回わかったのは、日本を遅い午後に発つ飛行機に乗ると日本の夕食ぐらいの時間にメインの食事が用意される。そのあとワインやウイスキーなんか飲みながら本や映画など見て夜になるとぐっすり寝てしまう、というやつで、これだと日付はその日のうちの夕方に到着し、夜はごくあたりまえの時間感覚でレストランで冷え冷えビール、ということになる。

翌日が九月十一日だった。夜になるとグラウンド・ゼロから強力なサーチライトが天空高くのびている。

ツインタワーはなくなったがエンパイアステートビルがさまざまな光をまとい、やはり貫禄（かんろく）がある。

地震のないニューヨークは築百年ぐらいのビルがザラにあってみんな意匠が個性的で、夜はほどよく暗い。信号が赤でも自己責任でどんどん渡ってしまうのがいかにもせっかちなニューヨーカーだ。

マンハッタンを歩いていると日本みたいなあざとくギラギラした強すぎる光の看板が殆どないから、品のいい夜の暗さに包まれる。欧米の殆どの都市とくらべると、日本の夜は不必要に明るすぎてそれがおもちゃみたいで幼稚だ。

レストランの中も、部分照明が多いから外を眺めてビールなど飲んでいても本当に落ちついて酔っていける。うるさすぎるBGMもないし、日本の酒場にたいていい数人はいるがなりたてるような大声で飲んでいる親父（おやじ）もいない。

ホテルの窓から街を見ていてわかったのはどのビルも蛍光灯の光が殆どないことで街全体が自然に落ちついているように感じる、ということだった。

身内の話になるが、今回の渡米の目的はこの街に暮らして二十年以上たち、アメリカ国籍になっているぼくの娘がニューヨーク州の司法試験に合格し、弁護士になる宣誓式のようなものに出席するためだった。

日本でいうと最高裁判所のような法廷で行われるので、スーツを着てきた。ある程度正装しないと招待客といっても法廷の中に入れないからだ。

ぼくは本でも映画でもリーガル・サスペンスが一番好きで、とくに裁判官や陪審員の前で検事と弁護士がいろいろスリリングな駆け引きを弄して争っていく展開に魅了されていた。

そのアメリカの法廷を一度でもいいから見たかった。もちろん、親として娘の門出をその法廷で祝ってあげたかった。

マディソン街二七番地にあるニューヨーク州最高裁判所の法廷だった。百二十年前に建てられたという。法廷の天井は大きなドームがステンドグラスに彩られ、周りは荘重な古典絵画が取り囲んでいて、中に入ると緊張し圧倒され、思わず「わたしがやりました」などと白状したくなってしまう。

本当にこんなコトでもなければわが人生、国際的な重大犯罪でも犯さないかぎりこのような法廷を目にすることはないだろう。

今年、ニューヨーク州の弁護士になる人は百五十人ほどいて、その家族が招待されているので全部で四百人ぐらいが法廷でしんとしている。

やがて映画などでよく見る黒い法衣をつけた裁判官が五人ほど出てきて、全員が立ち上がる。これも映画などでよく見る風景だ。

裁判官のひとりが「二十七年前、自分はいまあなたたちの座っているところにいました」という、意外にくだけた個人話からはじまり、続けていわゆる訓話のようなものを新米弁護士たちに話し、全員の宣誓式に入る。宣誓は各自が同時に右手をあげて声をあわせ、法と正義のために云々……と唱和する。

一時間とかからない時間で終わり、待合室でそれぞれの家族が抱き合い祝っている姿がなかなかよかった。日本人のぼくはどうもそれができない。ましてや慣れないスーツを着て老人七五三みたいにつっぱらかっているからなあ。

娘と懇意にしてくれているというピーター・トム首席裁判官の執務室に行って挨拶した。とても親切な人で裁判所の内側をいろいろ案内してくれた。法廷を小さな窓からみることができる電話ボックスみたいな小部屋はむかし法廷記者がその部屋から裁判の進捗を電話で新聞社などに連絡するための通信部屋だったし、まだ壁かけ式の電話や、法廷にでる裁判官が法衣を着る部屋（つまり楽屋）など珍しいものを見せてもらった。

今回はもうひとつ目的があり、マディソン街にあるユダヤ人のやっている有名なカメラ店で前から欲しかったカメラを探すことだった。そこはビックカメラとかヨドバシカメラみたいに大きな店で、違いはあのけたたましい行進曲みたいな大きな音楽などまったくないことで、客はゆっくり欲しいカメラを探すことができる。求めていたのは中古のドイツ製カメラで日本のおよそ半額で買えた。

「そうだ、ニューヨークはいま日本のラーメン屋が大流行りと聞いたから案内してくれないか」とぼくは娘に頼んだ。

三軒覗(のぞ)いたがどこも満員だった。メニューをみると「とんこつ」を中心にしたこってりスープに分厚いステーキみたいな「ヤキブタ」がのっかっていてけっこう高い（二千円から三千円ぐらい）。

そのうちの一軒に入ったが一番あっさりとしているのははまぐりラーメンでまあまあ。

客は食いおわっても話をずっとしていて一時間ぐらい座っているから満員で流行っているといっても日本のそれとは意味が違うような気がした。

居酒屋ドンブリ夢想旅

基本的に旅の多い人生である。いままで乱暴なスケジュールばかりだった。たとえばオーストラリアで一カ月。毎日海の中に潜る取材のためのダイビングを続け北上していく船旅。帰るついでにニューギニアに十日間。帰国して一週間でマイナス四〇度のシベリア六十日間取材旅、などというのに平気で出ていったものだ。でも歳をとってくるとあまり長い旅は面倒になる。かといって短く慌ただしい旅というのも困る。どんどんわがままになっていくのだ。

でも、この夏のおわり、ニューヨークから帰ってきて一日おいて盛岡にいき、帰ってきて一日おいて札幌、などというわが意思に反する慌ただしいことをやっていた。

盛岡も札幌もかなり親しい友人らと夜は毎晩宴会で酔っぱらう。

北はまさしく季節の変わり目で、居酒屋にいくとうまい肴（さかな）がぞろぞろ出てくるのでひっくりかえりそう。ぼくはホヤが好きなので期待していたらまさしく晩夏の、身のひきしまったホヤが現れた。ホヤは夏を知らせる食い物と思われているが実は夏のおわりから秋のはじめごろがいちばんうまいらしい。

関東以西ではホヤというと拒絶反応するアホなヒトが多いが、ぼくは東京生まれにしては異様にホヤ好きで北のヒトに喜ばれる。新鮮なものを食べてきたからだろう。

ホヤは通常「マボヤ」と呼ばれる。表皮がゴツゴツした生物分類するのが難しい怪しいやつだが、北のほうにいくと「アカボヤ」が主流になる。けっこう大きく、表面がつるつるで頭（かどうかわからないが）のあたりに小さなツノみたいなものがついていて、できるものならマジックのペンでつるつるのあたりに目鼻を描きたくなってしまう。

このツノの先端をよく見ると、片方はドライバーの（－）でもう一方は（＋）になっていてそのへんも可愛い。どちらかが海水を吸引し、どちらかが海水を放出している。

こいつが出てくるたびにどっちが吸引だっけ？　と聞き、そのたびに「そうかそうか」と頷（うなず）くのだがすぐ忘れてしまう。もう永久に覚えることはできないだろうから聞いてもしようがないのだが、その日も聞いてしまった。

アカボヤは甘い。こいつを食べるときは包丁で切ってそのまま生で食うのがいちばんうまい。水などで洗ってはだめだ。

このホヤにナマコの「コノワタ」をまぜたものを「バクライ」といって本当のサケ好

きの肴の王者と言われている。コノワタはナマコの腸だからあまりとれず、貴重品である。

ホヤは日本人だけ、しかも東北と北海道の太平洋側だけかと思っていたらロシアのユピック（ロシアのエスキモーと思えばいい）も海氷に穴をあけて鉄のクマデのようなものでかきまわしてこの「アカボヤ」をたくさん釣り（？）あげアザラシの生肉と一緒に食っていた。これがしみじみうまい。でも驚いたな。

場所はユーラシア大陸の最東端となるチュコト半島で、そこから東はベーリング海峡。もうヒトは住んでいない（はずである）。

ウニ、ホヤ、ナマコがぼくの三大好物で、ウニもナマコも北にいくほうがうまい。

盛岡の店（海猫食堂＝市内にある）では関東あたりではなかなか食えない「鮭はらこ＝鮭といくら」の濃厚盛り合わせを出してくれる。鮭はアニサキス問題があるのでなかなか刺し身では食えないが、この店は零下六〇度ぐらいにいったん凍結し、安全ルイベ化してから戻して出すので心配はない。

これを「もみじ」という。

見た目にも美しく酒の肴に最高だが、小さなウツワにあついごはんを入れてもらい、こいつを山盛りのせてちょっと醬油をかけて食うともうたまりません状態となる。

続いて出てきたのは長さ四〇センチ、幅一五センチはあるでっかいアナゴをひらいた天ぷらで、真っ白な身は箸で乱暴に持ち上げたりするとほろほろ崩れ落ちてしまうくらいのやわらかさで、これもごはんの上にのせてちょっと醤油をたらして食うとまたもやたまらない。あ、それればっかりだな。この居酒屋の店主はむかし魚屋さんをやっていたのでとにかくいつでも季節の一番うまいものを出してくれる。

いったん東京に帰り、翌日ヒコーキで再び北の国、札幌に戻った。そこでは二条市場のなかの人気の店に行った。すると、やれうれしやつきだしに「アカボヤ」が出てきた。

まあこうずらずら書くとぼくは行く先々で酒盛りばかりしているようだが、昼間はちゃんと仕事をしているんですからね。つまり夜毎の「ウチアゲ」というやつである。

その日は東京からぼくの日ごろの遊び仲間の親父どもが四人やってきて、そのうちの一人は体重一三〇キロ。軽く十人前は食えるから、行った店ではもうたいへん。まず出てきたマグロとイカとサンマの刺し身は、そのままあついごはんの上にのせて海鮮丼にして食いたくなったが酒宴ははじまったばかりだ。

地元の人が招待してくれたので、いまの季節のうまいものをみんな知っている。

いろんなモノが出てきたのでその順番も忘れてしまったが、とつぜん出てきたタマネギとイカのかき揚げというのが揚げたてでジュワジュワいっていまにもバクハツしそうだ。これだけを食うんじゃなくて、あついごはんの上にのせててっぺんにダイコンオロシを少々、醤油をヒトタレ。全体を箸でゆったり力強くかき回すようにして食ったらうまいだろうなあ、とまたしてもドンブリ路線を夢想するのであった。

実際のその日のシメのごはんはイクラとカニミソを真ん中にした海苔むすびで、これにでっかい毛蟹汁がついてきた。

このあたりでギブアップするものが数人いて、それらはぜんぶ一三〇キロの親方に。よくみると彼の前にはその他のギブアップものがいろいろ集まっていて、小舟を操作する親船みたいな様相になっている。今が札幌の食のベストシーズンらしい。

エンターテインメント・サバイバル

眠れないときなど真夜中のテレビを見ている。あてもなくだが、なぜか何度もそのテレビの番組と出会ってしまうのでついついファンになってしまった番組のひとつにサバイバルものがある。

あてもなくだからいまだにそれらの番組の局やタイトルはおぼえていないのだが、みんなアメリカの番組だ。

出てくる人はみんな裸だ。男も女もパンツひとつまとわずスッ裸。これがすごい。ただし大事なところはみんな例のもやもやがまとわりついていてけっこうわずらわしい。男女のペア、あるいは男グループ、女グループ、あるいは単独で、それぞれとんでもない辺境に置き去りにされ、かなりの賞金をめざして生きぬいていくことがテーマになっている。その期間はだいたい一カ月ぐらいだから半端ではない。

単独の場合、自分で自分を撮るビデオカメラを渡されていて、自分の見たものや自分の行動を撮影していく。番組はそれによって構成されているが、ちょっと怪しいところがある。三脚もなしに自分の行動をそんなに正確に撮れるのかな、という単純な疑問だ。どこかに置いたカメラでないと撮れない場面ばかりだが、編集しているにしてもたいていフレームのなかの自分をはずさない。出発前にどこかでそういう訓練をしていた、というふうに思いながらあたたかく見ている。

かれらのサバイバルのアレコレは本当に厳しい。何も道具をもたされていないから、たいていまず火を作ることから始まる。

火をおこさないと、どんな有害な微生物が入っているかわからないそこらのたまり水など沸かせないから飲めないし、雨が多いところなどの場合、火がないと最初の夜から寝ることもできない。

無人島などの場合、火おこしは流木の板に固い細木などをあてがい、それに紐をまきつけ、左右から引っ張って高速回転させる摩擦発火方式が多いが、日頃都会生活をしている人がそんなに簡単にできるのだろうか。

番組はそういう疑問に忠実で、いかに自然から火を得るのが難しいかを撮っている。そのへん非常に好感をもてるが、同時にここで別の疑問がでてくる。

日頃都会生活をしている人がそんなにねばり強く何日もかけて、殆ど何も食わず、ひどい状況では水も飲まず、繊細な力仕事を続けられるのかどうか。

強靭(きょうじん)な精神力と体力を持っている人がいて、そういうコトに挑戦したのだ、と番組は語っていても、そのような状況で、的確に毎度いいアングルのところにビデオカメラを設置して、自分のそういう行動を撮れる余裕があるのかどうか。三脚がないのに画面が正確すぎる、というのが最大の疑惑だ。たった一人、なんていうのは嘘(うそ)で本当は取材クルーが同行していて、それらを撮影しているのではないのだろうか。真水を飲み何か食いつつ。

サバイバルもエンターテインメントとしてとらえている番組だから、別にそうであってもいい。

でもそれらの番組はあくまでも自分で撮っている、という設定、姿勢を崩さない。

火がおこせるかどうかという問題と並行して、その夜の「寝場所」をどうつくるか、という大きな問題もある。

それは数あるサバイバル本に基本がいくつか書いてあり、だいたいそれらに忠実にやっている。

立ち木に三～四メートルの枝木のようなものを斜めに立てかけ、それを中心にしてシダのような密生している大きな葉を左右にわけてかけていく。これはむかしぼくもやったことがあるが慣れてくればかなり現実的なテントがわりになる。

でも地面は剝き出しだから運よくそのあたりに軟らかく乾いて群生している葉（枯れ葉でもいい。たとえば日本でいえば藁のようなもの）があって、それらを大量に敷きつめることができたら雨が降らないかぎり実用になる。

でもそういうものがないと厚手のグランドシートでも敷かないと寝るには無理だ。地面から湿気があがってきて体温は確実に奪われる。それからどんな生物が空中や地中から襲ってくるかわからない。ぼくの体験ではムカデに悩まされた。

番組では、高額の賞金をめざして女性も単独で参加しているが、いくらアメリカの女はずぶといといっても設定に少々無理があるような気がする。カメラは夜になると赤外線にシフトしてモノクロ画面になるが、そういうこまかい技術を生きるか死ぬかのサバイバルの現場でその当人ができるのかどうか。

だって、二日ほど何も食っていない、などという設定の場合もけっこうあるのだ。

その食い物だが、何ひとつ専門知識や技術のないフツーのヒトが剝き出しの自然から得るのは本当はそうとう難しい。

木の実、野生の芋のたぐい、虫やカエルなどの小生物、海べりだったら貝類、ウニやホヤのたぐい。これらとて食生活の習慣に縛られるし、無知だととんでもない毒にやられることもある。

番組では罠(わな)をつくって野生のブタとか大トカゲを捕まえたり、漂着していた網をつかって海から魚を捕獲したりする話があるが、たぶんこれらはみんな嘘だろう。野生の生物は、人間より狡猾(こうかつ)で強いから都会のフツーのひとがそんなことできるわけはないのだ。何度か見ているうちにいろんな裏側に気づいてくる。大怪我(おおけが)をしたり、毒蛇に嚙(か)まれたり、食中毒になったりするエピソードがまったくないのは安心だが、同時に「つくりもの」という疑問は深まる。でもこんなふうにいちゃもんをつけていてもしょうがないのだった。

夜更けにあちこちの番組をいろいろ見ていると日本のそれは相変わらずタレントのバカ騒ぎが目につき幼稚のヒトコトに尽きるが、それに比べたら素裸にハダシで何がいるかわからない辺境の荒野に入っていくニンゲンの姿や行動のほうが、いろいろ考えさせてくれる。少なくとも、こっちが水があり乾いた布団の上で見ているかぎり。

「冷やし中華」の国際化を熱望する

ぼくの事務所は渋谷区にあり、自宅から歩いて六〜七分。こういう原稿仕事をしていると、締め切りが迫っていて心身とも疲労していたり、締め切りが迫っているのにボーッと二時間ぐらい机にむかって何もしていなかったり、なんていうようなコトがよくあり、気分転換とか街の空気に触れるためなどに下駄をカラコロさせて散歩気分で事務所に通うのがたいへんヨイのである。

商店街から少しはずれているのであたりは住宅が多い。朝の通勤時間はとっくに過ぎているので、都会にしてはあまりヒトに会わない、というのもヨイことである。

時間帯によってすれちがうヒトの層がはっきり変わるということにも気がついた。十時過ぎは老人が多い。スーツ姿で鞄を持ってせわしなく歩いている人はセールス関係か。夕刻になるにつれて子供を自転車の前後にのせて力強く突っ走っていくハツラツとした四十前後のおかあさんが俄然増えてくる。それから学校帰りの子供たち。

高齢化時代というけれど若者も子供も多いからこのあたりの住民の年齢層はわりあいバランスがとれているようだ。

ただし住宅地だから町をにぎわす商店が少ない。コンビニが越してしまったあとに「花屋さん」らしきものが店びらきしたが、いっこうに店頭に花が飾られることもなく、入り口のカーテンに覆われたガラス戸はいつも閉まっていて黒い服を着た男たちが陰気に出入りしている。「？」と思っていたら、花は花でも葬儀に使う祭壇の花を飾りつける作業所だった。なるほど高齢化時代、都内にそういう場所も必要になっているんだな、と思って道すがら見ていたが一年たらずでどこかへ越し、そこに今度は老人向けのデイケアハウスがオープンした。店は時代を反映するというが本当だ。

デイケアハウスと葬儀用の花飾り屋さんの開店順が逆にならなくてよかった。

都会は空き家の増加が問題になっているというけれど、そのあたりは空き家がいくつかできるとすぐに更地になって中、小型のマンションがたちまち建てられる。これがあっちこっちなので、常に建設重機の音が周辺から聞こえる。春から夏にかけては道路下の水道管取り替え工事がいたるところで行われていて、昼の時間はそれらの建設にかかわるヒトたちの昼飯集中時間になる。

ひっそりしたラーメン屋さんがあるのだが、マンション建設や道路工事関係のヒトがそういう店に集中するからついに行列のできるラーメン屋さんになってしまった。これにはびっくりした。

かつて夜更けにそこへ行ったこともあったが、自宅近くのラーメン屋さんの行列のうしろに並ぶ気にはならず、時代は変わっていくんだなあ、などと感心していた。

だから事務所に行くとむかしから気にいっていた表通りの中華料理店から出前を頼むようになった。一品では配達してくれないので事務所のスタッフに参加してもらって二、三種類にして注文する。

ラーメン屋さんの出前というのは実にありがたいもので、頼んでから目的のものがやってくるまでの時間が楽しいですなあ。

今日も午前十一時頃に事務所に行ったのだが近道のために小さな公園を歩きながらあたりの風景を眺め、いよいよ秋になっていくんだなあと思い「そうだ！　冷やし中華だ！」とたいへん重大なコトに気がついた。

どういう理由によるものなのか日本のラーメン屋さんは夏しか冷やし中華を出さない。あんなにうまいものを？　と不思議でならない。冬になると冷やし中華は作れなくなるのだろうか。蕎麦（そば）屋なんて一年中「もりそば」も「ザルそば」もやっているぞ。

などと怒っていてもしょうがないのだった。問題はいま現在だ。もうあのうまい「冷やし中華」はおしまいになってしまったのだろうか。

「急げ、冷やし中華の出前だ！」

ぼくは事務所のスタッフに叫んだ。

電話したらまだやっていた。よかったよかった。みんなで手に手をとってよろこびあう、ということまではしなかったが。

そいつが来るまで仕事が手につかないので、このあいだ行ったニューヨークのラーメン事情について考えていた。

いま北京(ペキン)とニューヨークがラーメンブームというのは本当のようだ。ぼくは人気店の多いというブルックリンのラーメン屋に日をかえて三軒行ったがどこも満員だった。

人気メニューは濃厚トンコツ味に濃厚醬油味を加えたようなやつで、厚さ一センチぐらいあるような巨大ヤキブタがのっている。殆ど「ヤキブタステーキめん」で、チップ含めて三十ドルする。おいおい三千円のラーメンかよ。カップルなんかはそれを前に時々愛を確かめあいながら時間をかけて食っていた。

アメリカ人がけっこううまくラーメンをススレルようになっているのに感心した。かれらも進化しているのだ。欧米人が食生活で苦手なのは「めん」などをずるずるススルのがなかなかできないコトだといわれている。かれらが洟(はな)をススルことができないのと

アメリカで再び「冷し」
禁止

どこかで通じているのだろう。そこで「冷やし中華」が威力をみせるはずだ。

ツユ入りのラーメンに比べると「冷やし中華」はスパゲティみたいにスプーンの上でクルクル巻いて食ってもあのうまさは損なわれない筈だ。ま、その姿はちと異様だが。

そういう意味でも本家の日本は年間通じて「冷やし中華」を出すべきなのだ。そうすれば日本のラーメンはこれからさらにイキオイを得てサービスのスローモーな中国やアメリカを確実に席巻(せっけん)していくのだ。日本のラーメンの強みは「ファストフード」ということである。カウンターに座って注文すれば「アイヨッ」などといってすぐに出てくる。それが冷えている。マジックに近い。

長崎・平戸の民宿の悲しすぎる朝食

釣りと焚き火キャンプを趣味とする男ども集団を率いて十二年ほどになる。最初は七人ほどのメンバーだったがゾウリムシのごとく、親が子を産み子がまた子を産む（わけないが）、とにかく増殖を続け、いまは男ばかり三十人以上の大世帯になっている。

それだけいると必ずおきる各種ドタバタぶりのありさまを月に一回『週刊ポスト』にやはりもう十年ぐらい連載しているので、ぼくは日程的にどんな悪条件でも参加してそこでの釣魚繁盛記もしくは惨敗記を書かねばならない。

十月は長崎県の平戸（ひらど）の集落にたった一軒ある釣り宿で現地集合。ぼくは二人のメンバーと小倉（こくら）からレンタカーで現地にむかったが、山間部の道をくねってすすむルートを三時間半。少し前まではぼくもそういうときの交代運転のローテーションに入っていたが、七十をすぎると何時（いつ）運転中に脳梗塞、心筋梗塞、神経性二重腸捻転、糜爛（びらん）性手足バンザイ病などを発症するかわからず、だまって後部座席で地元のゴマせんべいなどをかじっては息を絶え絶えにしていた。東京や関西、名古屋、アメリカからもやってくるので土地の人に「わあサカナよりも人間のほうが多いで」などと目を丸くされてしまった。

そのあたり大小の島々が密集していてそこまでくるルートは東西南北にこまかく方向をかえていくので、そのうちどっちにむかって進んでいるかわからなくなる。こういう多島海地形というのが日本にもあるのだなあ、と感心しつつめまぐるしい風景を見ていた。

それでも午後七時には二十人ほどが集まっていた。関西からくる一人はどう算段をたててもその日のうちに佐世保(させぼ)にまでしか到達できず、その日は一人で佐世保の安ホテルに泊まり、翌日フェリーで我々のいる宿の近くの船着き場にやってくるという竹やり特攻隊のような根性を見せた。

宿には「割烹(かっぽう)民宿」と書いてある。期待高まる。で、早速大宴会になる。いつもの焚き火キャンプとちがって自分たちで何かしなくても刺し身の大きな皿盛りがいくつも並んでいてさすが割烹民宿。

おれたちは酒屋の引っ越しみたいに沢山のサケをもちこんできてわあわあとにかく果てしなく飲む。この宴会が楽しみで参加しているメンバーもいるくらいなのだ。

大皿(厚紙製)の刺し身の種類が非常に多い。厨房(ちゅうぼう)の様子を見ているかぎりではこんなに沢山の魚をいつ刺し身にしたのか謎だった。が、とにかく一人の小皿に刺し身三キレのみなどとチマチマしていなくていい。

メインの目的は翌日のヒラマサ、カンパチ狙いだが船は一艘（そう）なので六人しか乗れない。

おれたちは「雑魚釣り隊」という名称のオンボロ団体なので、みんな堤防から雑魚を釣るのが好きだ。「それしか釣れない、それでいいのだ」という伝統がある。

でも本気の釣り師根性がある奴もいてかれらは「雑魚釣り隊・釣り部」と名乗るエリートチームだ。雑魚釣り海兵隊。

そいつらが朝飯も食わずに早朝けっこう波の荒そうな沖に出ていった。風が冷たい。じいちゃん（おれのこと）は背中を丸めて「無理すんなやあ。でも鯛（たい）やヒラマサまっとるでえ」と現地化して見送り、また布団にもぐりこんでシアワセの朝の惰眠方向に入った。二時間ぐらいして「朝食ですよお」の声で起こされた。みんなもそもそ朝食会場に集まってくる。朝食のしつらえができていたがまだ配膳途中のようだ。

ごはん、味噌汁（みそしる）、カップに入った例のチビ納豆。甘そうなゴマ豆腐。タクアン二キレ。

ここに焼いたばかりの小魚とか、なにかの魚卵系漬物などが出てくるのだろう、と信じつつ味噌汁と納豆でそろそろと食いはじめていたが、厨房はシーンとして朝飯のメインになる筈のおかずが出てくる気配が一向にない。

「たぶん作るんが遅れているさかいみんなゆっくり食べてへんと」

関西から来た男が言う。

でも厨房から大きな盆をもってやってくるおばあさんの姿はない。なにかを製作している音も聞こえない。

「わすれてんのと違うか」

すっかり関西弁に染まってしまったあんちゃんが言う。

で、結局、その日の朝飯のおかずはそれだけだった。「白飯くん」と呼ばれるいつも三杯めしを食う「大ぐらい」は三杯目のおかずがまったくなくなり、ごはんに醬油をかけて泣きながら食べていた。昨夜のあの刺し身の大皿が脳裏で暴れている。

「あのとき少し残しておけばよかった」

みんなで口々に言った。とにかくこれまで全国のずいぶんいろんな民宿に泊まってきたが、こんなシンプルな朝飯ははじめてだった。そうして我々は本気で自分らのおかずを釣る気になって堤防にむかった。

快晴である。小魚がいっぱいいて小アジや小イワシがかかってくるのだがその十倍ぐらい餌とり名人のクサフグがあがってくる。クサフグ九尾にたいして小アジ一、ぐらいの寂しさだ。

せめて昼飯ぐらい豪勢にいこう、ということになってそこからは三十分ぐらい離れた町にあるコンビニに買い出し隊が出た。

こうなるとコンビニ弁当のすくなくとも数種類あるおかずが希望になる。一時間ぐらいして買い出し隊が戻ってきた。

「秘密発見！」

開口一番がそれだった。

「ホカ弁屋にゆうべ出てきておれたちが感動した大皿山盛りの刺し身とそっくりおなじのを二千八百円で売っていた」。ゆうべの宿のはそのホカ弁屋から買ってきたのをそのままテーブルにおいただけだった、ということがわかった。要するにその民宿はごはんを炊いて味噌汁を作る、ということしかやっていないおそるべき手抜き「割烹民宿」だったのだ。

肥満のヒトはなぜ食い続けるか

ある調査によると肥満の世界ランキングの上位は①アメリカ　②メキシコ　③ハンガリー　④ニュージーランド　⑤イギリス　⑥チリという。日本は先進国三十六カ国の最下位だった。

ハンガリーが上位というのが意外だったが、この国には行ったことがないのであまり実感がないだけかもしれない。ニュージーランドは健康志向の国、の印象が強かったので意外だった。

アメリカがダントツ一位というのはよくわかる。アメリカの街を歩いているといたるところで納得するが体重一〇〇キロはあたりまえ。男女とも二〇〇キロクラスも珍しくない。

うしろから見ると背中にザブトンを一枚隠し入れているんじゃないか、と思えるような巨大なヒトがのっしのっしと歩いているのをよく見る。横揺れしながらまっすぐ前進しているのが草原の巨大動物のようだ。

二五〇〜三〇〇キロクラスになってくるとさすがに外出するのがタイヘンになって、家の中にいることが多くなるという。退屈だからソファに座ってなにか常に食えるものを傍らに置いてテレビを見ている。カウチポテトというやつだ。

太る、ということは体の細胞が増えるわけではなくひとつひとつの細胞が大きくなるからという。その太った細胞がみんなして食べ物を求めるらしい。だから沢山食べるし、極端になると常になにか食べていなければ——という飢餓感におそわれる。

モンゴルの草原やアフリカのサバンナなどにいくと視界にある全ての草食動物が草をずーっと食っているのを見て不思議に思った。

かれらはそこに草があるかぎり食っていなければならない、という義務や使命感にとらわれているようにも見えてくる。アフリカで見るガゼルなどは群れの中の一匹がときおりフと顔をあげて周囲を見回し、改めてまた草を食ったりしている。あれは群れの中の見張り役らしい。

モンゴルで放牧されている馬の群れにもそういう行動をみる。集団でいる草食動物は見張り役を交代でやるよう本能的な規律のようなものがあるのかもしれない。

それからよく思うのは食べすぎてお腹（なか）がいっぱいになり、遠くの景色をぼんやり見て

「ああ、今日も一日よく食ったなあ。しあわせだなあ」などという気配を見せているような動物をまったく見ないことだ。「食べるために生きる」というのと「生きるために食べる」を同時に遂行しているかんじだ。

そして一日中あれだけ食い続けても肥満にならないのはなぜなんだろうという疑問がおきる。草というのはいくら食っても太らないのだろうか。もっとも肥満のガゼルがいたらライオンなどの肉食動物に襲われたとき、群れの中で最初に食われてしまう生死の問題があるから、食っても食っても太れないように遺伝子による指令、操作があるのかもしれない。

太ったヒトがひっきりなしに食っているのは満腹中枢がマヒしているわけではなく、その肥満体を維持するため、中枢が連続食いを促している、と書いてあるのを動物行動学の本で見た。象をひきあいに出しているのだからおそれいる。

動物の平均睡眠時間を比べると、馬＝二・九時間、象＝三時間、牛＝四時間、ヒト＝八時間、チンパンジー＝九・七時間、犬＝十時間、猫＝十二・五時間、ライオン＝十三・五時間、という。

馬の睡眠時間が短いのは立ったまま寝ることに関係しているのだろう。臆病な馬は、なにか自分が危害を受けそうな気配を察するとすぐに逃げられるように立って寝ている、という。

象の睡眠が三時間と少ないのは馬と事情が違う。自分の体の維持のために食べる時間を少しでも増やすためだという。

太ったヒトもそういう「象的」なところがあるらしいが、さすがに寝ないで食べていることはないだろうから、起きている時間にたらふく食べていて、よけい大食が目立つ、ということになりそうだ。

堀田善衞（ほったよしえ）の『インドで考えたこと』（岩波新書）の冒頭のあたりに、道いく象が大量の糞（ふん）をし、それを見た老婆が走っていって小山のような糞の上におおいかぶさり「これはわたしのものだ」と叫ぶ話がある。国や土地によって象や牛の糞は乾燥させるとよく燃える効率のいい燃料になるので人間たちのとりあいになる。モンゴルではそこいら中に牛の糞が落ちているから、それを背負い籠で拾い集めにいくのは遊牧民の子供（とくに女の子）の仕事だ。干乾（ひぼ）しレンガのようによく乾燥させると、臭くもなく本当に火保（ひも）ちのいい優良燃料になる、ということがよくわかった。

象の小山のような糞から思うのだが人間も沢山食べるひとは、やはり沢山の大便をするのだろうか。糞で太っているわけはないだろうからそりゃそうだろうけれど。

ずっと以前、三人の非常によく食べる編集者と四年間にわたって全国をルポ取材していたときがあった。

その人たちの食欲は尋常ではなく、レストランなどに入ると注文したものがひとつのテーブルにおさまりきれず必ずダブルのテーブルを必要とした。

あるとき、その中でもとりわけ沢山食べる一〇〇キロ超の人に「一回の排便でどのくらい出るんですか」とあからさまに聞いたことがある。

「一度洋式便所の便槽がいっぱいになったときがあるよ。スレスレ近く」

あっけらかんと答えてくれた。

「ひええ。でもそんなにまでしていっぺんに流せるものなのですか?」

さらに聞いた。

「無理だね。公園の公衆便所だったので清掃道具が置いてあるところからモップを見つけ、その柄のところでかき回してなんとか流したんですよ。苦労しました」。迫力のある話であった。人間の大便は象よりも役に立たないというのがやや虚しいが。

標高二万七〇〇〇メートルの山

互いに嫌になったらすぐに離婚するのだ

離婚率の高いのは北海道と沖縄、とよく言われる。双方の知人の結婚観を聞いたり、その地域性を考えたりすると、共通しているのは「女が強い」「女が自立している」というコトだろうか。

実際、沖縄の国際通りからすぐ横に入る奥の深い商店街などに行くと店先を守っているのは女性（とくにおばちゃん）が目につく。公設市場に行くと一階の生鮮食品の市場は殆(ほとん)どおばちゃんばかりだ。売っている魚が南国独特の赤や青や黄色の原色だらけだからそれに負けずとおばちゃんたちの化粧も濃厚だ。ヒトコトで言って強烈な南島パワー。

ぼくは沖縄に行くたびに市場にいる「おばちゃん」たちの写真をよく撮っている。都会ではいま急に「肖像権」などというのがうるさくなって、街なかで通行人の写真などが非常に撮りにくくなってしまった。

その風潮のどこか遠いところにケータイやスマホの簡易写真とパソコン利用の「軽

さ」が影響しているのではないかと思っている。

沖縄のウチナーパワーはそのへんまるで意に介さず気持ちがいい。入荷したての巨大なイラブチャー（アオブダイ）を顔のところにもちあげて魚とツーショットで撮らせてくれたりする。ただし「いいイナグ（女）になよってー」（いい女に撮るんだよう）なんてアオブダイと対照的な真っ赤な口紅で叫ぶ。

数枚撮って「旦那は今日は漁に出てるんですか」などと聞くと「毎日家で朝から泡盛(あわもり)飲んでテレビ見てるさあ」などと言う。

実際、沖縄の男はあまり働かない、とよく言われる。だから必然的に女が強くなるのだ。

立地的に対極にある北海道の女性も逞(たくま)しい。ずっと以前から北の女が第一線にたって働いている姿を見ているし、最近などは若い娘がタバコを横っちょにくわえて一〇トンぐらいのトラックを運転していたりする姿をよく見る。

ロシアでもそういう若い女がでっかいトレーラーを走らせているのをしばしば見たから、北の女は基本的に豪胆なのかもしれない。そうだ。ロシアも離婚率が非常に高い。それも現地で聞いた話だが女のほうからいわゆる「三下り半(みくだりはん)」をつきつけるケースが断然多いようだ。

いちばん離婚にこだわらないのはチベット人だろう。ここには三～四年おきに数度行った。行けば現地の人といろいろ親しくなるから、またその夫婦などに会いに行くのだが、そのたびに伴侶が違っていたりする。それもザラなのだ。

「離婚したんですか？」などといきなり聞くのもナンだから戸惑いを隠していると、むこうのほうから「前のは昨年別れたばかりだ」なんて言う。しかしその人はたしか三回結婚していて、その新妻は四人目の筈だ。サイクルが早すぎる。

しかし、聞けばチベットにはそういう展開の早い夫婦がたくさんいるのだ。どうも結婚観やモラルの尺度が違うようだ。

だんだんわかってくるのは、人間的、精神的な部分での価値観がからんでいることだった。

それはちょうど日本人がいつもこだわっている「メンツ」問題と対照的だ。

日本の結婚式ではよく「誓いの言葉」など交わされるが「永遠の愛」とか「変わらぬ愛」など、春先の雪のようにおぼろではかないこれほど保証のないものはない。

結婚した最初の頃は「永遠の愛」のつもりでいたが年を経てくればちょっとした齟齬の積み重ねでいろいろに変化していく。

やがて何かのきっかけで双方の心が完全にはなれ「家庭内離婚」なんて言葉まで生ま

れ、それにつらなるのは「家庭崩壊」だ。

日本はタテマエの国だから、一度盛大な結婚式をあげてしまうと、双方の親族の手前、勤め先の手前、隣近所の手前、などなどのしがらみにがんじがらめになり、もうちっとも愛してなどいないのに仮面夫婦をむりやり演じていかなければならなかったりする。

チベットの人は、それほど虚しい人生はない、という考えだ。一生の時間は限られている。大切な今の「一瞬一瞬」を愛してもいない人と暮らしていてなんになるのだ。人生の時間の浪費だ。だったらとっとと離婚して、互いに次に出会うかもしれない（今のより）よさそうなヒトと結婚したらいいではないか、と考えている。

とくに出産という大仕事のある女性はその意識が強いようだ。やはり女は強いのだ。結婚五回、離婚五回。今回で六回目の結婚などという人に会ったこともある。生き生きしていた。ものすごく自分に忠実でいいなあと思った。嫌いになってしまった人に仕方なく自分の人生を捧げ続けていくなんて愚の骨頂だ。かれらはそう考えている。

大体、チベットの人は「結婚」をそんなに重く考えていない。

結婚などはたんなる人生の通過点の儀式なのだ。

チベットの結婚式は日本でいうその町の公民館のようなところで行われる。安い会費制で、親戚とか新郎新婦の友人以外に町のいろんな暇な人が参加する。

そうして驚くべきことにその会場の半分ぐらいはマージャンの卓が並んでいる。百卓ぐらい並べられているのを見たから四百人がマージャンをやっているわけだ。壮大である。

式がはじまる前からじゃらじゃらじゃらやりだしている。結婚の報告とか祝辞などなーんにもない。聞けば、むかしはそういうのが一週間は続いたという。ぼくの理解力を超えていた。新郎新婦はそれらの人に酒やお茶を注ぐ係だった。日本のようなあまり意味のわからない大袈裟な祝辞とかいちばん意味のわからないケーキカットなんてのもなく、マージャンの「ポン！　ロン！」などという声がひときわ大きくひびきわたる。つまりは結婚する二人の「これから」とか「おしあわせに」なんて感情はそこにはまったくきれいさっぱり消えているのだった。

われはむしろ悲しみのほうが

事務所のスタッフに月のはじめ「今月の原稿締め切りスケジュール」を渡される。周期の違ういろんな連載をやっているから自分では管理できないのだ。

十年ぐらい前、ひと月に三十五件のシメキリがあったりした。一日一本を超えているのだ。短いものもあるからなんとかこなしていたが、最近は二十本以内になるよう調整している。いろんなジャンルの原稿仕事があるけれど、小説がやはり時間をとられるからどう効率的にこなせるかがポイントになる。

十月は締め切りが二十二本あってそのうち四百字詰め原稿用紙で二十枚以上のものが七本あった。小説誌などはほぼ同じ時期に発売されるから締め切り日が無情に重なる。そもそも好んでそういう仕事をしているのだからしょうがないのだが、こっちは当然厳しい。発売二日ぐらい前に刷り上がった見本誌が届く。先日その三誌の目次を見てアリヤマと思った。純文学誌（前はそういった）、中間雑誌（前はそういった）を三冊あわせて名前も顔も知らない作家ばかりが並んでいる。名前を知っているのは二割ぐらいだろうか。

ぼんやりしているうちに我は作家業界の完全な高齢世代になっていたのだ。同世代ぐらいの親しいモノカキの名があまり見当たらないのが寂しい。それから「女性の作家」がやたら多いことにも驚いた。

ぼくが四十代の頃は「女流作家」といったものだ。でも今はそんなの通じなくてたぶん逆転し、そのうちぼくなど「男流ヨレヨレ作家」なんて呼ばれるようになるだろう。

それにしてもみんなよく書くものだなあ、と圧倒される。女性作家のものをちょっと読んでみたが、正直な話、何が書いてあるのかぼくにはよくわからなかった。だから面白くない。じゃあぼくの書いているものが面白いのか、と言われればうつむくしかない。つまりもうこっちがついていけないのだろう。

今月ぼくが書いた小説雑誌は『すばる』と『文學界』と『小説新潮』だった。『すばる』に書いたものは巻頭に掲載されていた。敬老サービスだろうが「存在」を認められてるようでこれは単純に嬉しい。

四カ月休んだが来月からは『SFマガジン』の小説連載が再開される。SFは難しいから果たしてこの錆びついたアタマでむかしのように書けるだろうか不安でもある。

不眠症がひどくなっているのはモノカキにとって仕事時間が作れるから「いい」んじゃないかとムカシは思っていたが「疲れて駄目なコト」なんだな、とこの頃わかってきた。

生活時間が世間と違ってしまっているからフツーではないのは確かだ。だから「旅」が続くとダメージがくる。ぼくの旅というのはたいてい仕事だから相手があるわけで、いきなり常識的な時間サイクルに切り替えなければならない。これが困るのだ。そんな時でも原稿締め切りが襲ってくる。「あらし」のようなものだ。

なんとかやりすごしてホッとすると「サケ」をじゃんじゃん飲む。悪魔の酔いがむかしのような飲み方やサケを呼び込み、結局飲みすぎて翌日使えなくなる。

だんだん、この本のタイトル「われは歌えどもやぶれかぶれ」に近づいてきている気がする。

いちばん最初に説明したが、このタイトルは室生犀星が「純文学誌」に書いた小説をぼくが高校生のときに授業中に読んでいて——小便がでなくて苦悩するこの小説に首をかしげていたものだ。尿が出ない苦悩、なんて高校生には意味がわからなかった。今は前立腺肥大によるものと理解できる。

そのときの犀星は七十二歳でいまのぼくがそれと同じだ。ぼくは飲んだビールをそのまんま小便にしているようなもったいない飲み方なので別の意味の「やぶれかぶれ」にちかい。

この頃、階段をおりるときちょっと足もとがあやしくなってきた。むかし格闘技に熱中していた頃骨折したところがときどき痛むようになってきた。パタゴニアの氷河地帯の馬の旅で凄絶な落馬をしたときに痛めた腰の具合が最近どうも悪くなっているようだ。

毎年十二月にアウトドア関係および酒飲み仲間のオヤジ三十人ほどと福島で合宿し、二日続けて野球やって新年を迎えるようになってもう十三年ぐらいになるが、最近めったに長打を打てなくなってしまった。十五年ほど前は台湾、韓国、ニューギニアなどに攻めていってぼくは四番打者だった。決勝でタイムリーのサヨナラ弾をはなっていたのだけれど、今ではそれも「やぶれかぶれ」の追憶になってしまった。今年の合宿に参加するかどうか迷っているところだ。

最近一番気になるのはどうも本格的な「鬱」になってきているようだ、ということで、来週、精神科の診察を受ける予約をした。

面白いことに「鬱屈」が強くなると、原稿を書くことに逃げるようになる。長いものを書いていると、その小説世界に入っていくのが気持ちのやすらぎになるのだ。

これは意外な感覚と反応だった。小説は生半可には書けないから、全神経を集中させる必要がある。心身ともに深い疲労。それがいいのかもしれない。

だから一本の小説を書き終わる頃になるとじわじわと虚しさに襲われる。その小説世界にいつまでもとどまっていたいと思う。現実逃避というやつだろうか。

少し前までは、原稿一本終えるのがなによりのヨロコビで、夜更けだろうが早朝だろうが終わったときのビールがうまかった。

今は書き終わりそうになると、真夜中だろうが早朝だろうがビールを飲みつつ脳を鈍麻させることにしている。そうして自分の作った異世界と別れていく。「やぶれかぶれ」というよりも悲しみのほうが大きい。

シナメンスキーの追憶

先日、川崎で「青少年にもっと読書を」という趣旨のイベントがありゲストで呼ばれたが、その場でTBSの元カメラマン新田さんとおよそ三十年ぶりに再会した。

その頃、ぼくはよくテレビの大型記念番組（海外ドキュメンタリー）に出ていた。当時は開局記念番組が多く、各局の記念特別番組というとよく呼ばれ、世界のいろんなところを旅した。

いったんソトに出ると一カ月取材はまあ普通。TBSのそれは「シベリア大紀行」というもので夏、冬合わせて三カ月の取材旅だった。とくに冬は極寒のタイガなどに入っていくから探検隊にひとしかった。

一番寒いところでマイナス五九度までさがった。そのくらい冷えてくると飛んでいる鳥が落ちてくる、と言われたが本当だった。

馬に乗って移動するところもあり、一番驚いたのは、ぼくが乗った馬はたしか黒い馬だったが、三十分走らせて下りると、その馬は「白馬」になっていたことだった。

馬はどんなに極寒でも基本的にハダカである。三十分も走らせると全身に汗をかく。その汗が馬の全身の毛についたとたん全部凍ってしまうのだ。

シベリアの白馬は「氷馬」でもあった。

縁というのは面白いもので、新田さんと再会したとき、ぼくはある雑誌にその当時の、極寒旅の裏側のあらましを記憶をたよりに書いていたところだった。当時テレビ放映されたビデオを見ればいろいろ具体的に思い出せたのだが、保管の悪いぼくは、とうに無くしていた。もしあったとしても当時はＶＨＳへの記録だから、いまある家の再生機械ではもう見ることはできない。それに放映時間はゴールデンタイムを二晩使って六時間もかかった。そんな長いものを見るには決断がいる。

そうしたら、再会した新田さんはＶＨＳからＤＶＤに変換したものにしてぼくにプレゼントしてくれたのだ。

早速それを見た。今書いているものの核心部分を確かめておきたかった。画面のなかでは三十代のまだセーネン青二才のぼくがいて無邪気にいろんなことをほざいていた。

一緒に旅をした取材チームもときどき画面に映っている。凍傷になりかかった人もいてその症状を見せたりしていたのだ。

シベリアは北半球で一番寒い。北極圏は海があるので内陸部の極寒よりいくらか温度が高い。といってもマイナス五〇度はざらにいくけれど。

我々はオイミャコン村というところを目指していた。そのあたりはかつてマイナス七二度を記録していて、その年もすでにマイナス六〇度になっていた。

なかなか飛ばない（飛べない）飛行機に苛々し、やっと到着すれば剝き出しの危険な自然が待っていた。最初の日はマイナス五七度。酷寒というのは暴力的だ。飛行機から降りるといきなり両頬をガツンガツンと殴られたような衝撃を受けた。さらにその次には束ねたハリガネで顔中バシバシ突き刺されたような状態になり、眉毛、睫毛、鼻の穴、口髭に一分足らずで微細な氷がはりつき白い氷顔になった。人間も馬と一緒だったのだ。

たえず咳が出る。プラス三六～三七度はある人間の体内にいきなりマイナス五七度の空気が入ってくると肺がオドロキ、それに対応するための防御反応として咳が出るのだと知らされた。だから「深呼吸」を禁じられた。内臓がただれる、という説明だった。おなじように外で冷たい水を一気に飲んだりしたら死ぬことがある、とも言われた。

何もかも常温の世界とは違う異次元だった。注意すべきはいろいろあって、どんな理由であれ、屋外で素手で鉄を触るな、ということもきつい注意事項だった。

シベリアでは「鉄が食いつく」という言葉があるのを知った。あやまって転んだ少年の頬が鉄板に「食いつかれ」、頬の皮膚を切り取らなければ助けられなかった、という話も聞いた。

いろいろな場面を見て思い出すのは、この旅に関係する人の「生還率」の低さだった。夏冬合わせて十人ほど主要なメンバーがいたが帰国してもわりあい早くさまざまな理由で逝く人が多く、今は半分ぐらいになってしまったようだ、と新田さんが教えてくれた。優秀な人が多かったので悔やまれる。

通訳は米原万里(よねはらまり)さんで、当時日露同時通訳では一番優れていると言われていた。そうして男の我々と同じように厳しいタイガの中にも入ってきた。もしかすると男より強かったかもしれない。

それぞれすぐにチーム全員にロシア名がつけられた。ぼくはアキレサンダル・シナメンスキー・ネルネンコというミドルネームまでつく立派なものだが、内容はなさけない。まずアレキサンダルではなくアキレサンダル。これはぼくが常にラーメン食いたい食いたいと叫んでいたことからきている。

シベリアに来る一週間前までオーストラリアに一カ月いたので、一気に寒いところに来て精神が「冬眠」しちまったらしく常に丸くなって寝てばかりいたのでネルネンコとなった。撮影に夢中になり、いつも集合時間に遅れてきたスチールの山本カメラマンは

「オクレンコ」。

大きい声でがなりたてるように撮影進行を指令していた軍曹のような役割の東条さんというディレクターは「ウルサコフ・ガナーリン・トジョレンコ」という、やっぱり立派なロシアネームがおくられた。川崎でぼくに思いがけないDVDのプレゼントをしてくれた新田さんは「ニタリノフ」という名になった。おだやかな人で、当時いたるところギスギスしていたロシアの緊迫した空気の中で「ニタリノフ」の笑顔はかなり我々の心をなごませてくれた。そういう才気あふれるロシアネームをつけてくれた米原さんも帰国して間もなくガンに倒れた。

新幹線、となりの席の客問題

このところたて続けに新幹線で移動していた。車内での過ごしかたは乗っている時間によっていろいろ変わる。

一時間、というのがいちばん困る。居眠りしているのにちょうどいい時間だけれど寝不足が続いているので寝過ごしてしまう、という危険があるからそうはいかず、原稿仕事をするのも中途半端だ。何を書くか考え、やっと二、三行書いたところでたいてい「間もなく到着」のアナウンスが聞こえてくる。

少し前までは本を読んでいたが、この頃は揺れる電車のなかで本を読むといきなり睡魔が襲ってくるから要注意だ。結局ぼんやりしているしかない、ということになる。そういうときにスマホなどいじっているのがいいのだろうけれどアレは絶対使わないと決めている。じいさんにスマホは恥ずかしい。

昼頃の時間だと駅弁を食っているのが具合のいい時間だけれど、いつもそういうタイミングになるわけではない。

先週、新潟に行くときに列車の前方は客がチラホラ座っているのに後方に座っているぼくのまわりはガランとして誰もいない。コレなんだか意味なく嬉しいですね。了見のせまいぼくは単純に「やった！」という気分になる。

でも観測が甘かった。前方と後方があまりにも不釣り合いだから普通は「何かある」と思わねばいけないのだった。

案の定、途中駅から高齢者の観光ツアー客がどどどっと乗ってきてぼくはその人たちに包囲された。夫婦連れが多いようで二十人ぐらいいる。

個人客のぼくはいきなり少数民族のような気分になり、どうしてこのような座席指定になったのだろうか、というコトを考えていた。ぼくのその旅はだいぶ早くから決まっていたのでチケットを買うのも早かった。そうしてそのあとにこの団体客がどどっと予約したのだろう、という推測をした。

でもまあ高齢者の団体だから昼からお酒を呑んでわあわあ騒ぐわけでもないし、みんなしずかでおとなしい。

ツアー添乗員が目的地までにかかる時間を座席ごとに親切におしえ、大きなカミブクロに入ったお弁当らしきものを配っていた。時計をみると間もなく「ひるめし時」になる。

「みなさんこのスキヤキ弁当は作りたてのように熱くなります。端のほうについている紐（ひも）がありますね。それを引っ張るとカガク作用でお弁当が熱くなります。火傷（やけど）しないようにに気をつけてくださいね」

なかなか親切な添乗員なのだ。

間もなく団体客がみんなで紐を引っ張る音や驚愕（きょうがく）や感心するいろんな言葉が聞こえてきた。

ああいうものを見ると、日本というのは本当にコマカイおどろきを発明する国なんだなあ、と改めて感心する。なにか異なるケミカル物質をまぜると発熱する、という作用を利用しているのだろう。以前ぼくもどこかで食べたことがある。

しかし、まもなくぼくはあちこちからわき上がるスキヤキの匂いに包まれだした。二十人のスキヤキ弁当がいっぺんにできたのだから車内はたちまち「走る牛丼屋」のようになってしまった。少数民族であるぼくは弁当を買ってこなかったからますます萎縮するしかない。しかしこういう体験もめずらしいだろうなあ。

東京から大阪とか盛岡など二時間半前後の乗車となると校正仕事をしているのが一番効率的だ、ということに最近気がついた。粗製濫造作家だから文庫を含めるとしょっちゅう自著の校正があり、これは原稿を書くのと本を読むのとのちょうど「まんなか」の気分でいけるのだ。

しかし新幹線には常に隣の客の問題がある。窓側の席になっているときなど、隣にどんな客が座るのか気になる。なんとなく「勝負!」という気分になる。

グリーン車などになると偉そうなおとっつぁんが座るとまあたいていリクライニングシートを目いっぱい後ろに倒し、フットレストも全面上げ、靴を脱いでドデンと寝そべる。

ときおり靴を脱いだことによって脂足らしいヤバイ臭いがふわーんと漂ってくる。おまけにその足を組んだりする。こっちの席の方向にその足が向いていると最悪だ。

こっちはテーブルの上の校正ゲラ(本になる前に手直しをする活字紙の束)に覆いかぶさるようにしてペンを走らせているから、臭足とこっちの鼻が至近距離となり、事態は緊迫する。

しかし「その臭い足をこっちに向けないでください」なんてとても頼めないからこの悲劇には慣れるしかない。

もうひとつ困るのはおばちゃんに多い「お店広げ型」とでもいおうか。「空間せき止め閉鎖」が展開される。

すなわち座席に座ると前の座席の背につけてあるテーブルを倒し、その上に旅行用らしきやや大きめのハンドバッグをどっかと載せ、そこからなにやらいろんなものを出してバッグのまわりに並べる。ペットボトルをいれた網袋のようなものを前の席の背もたれの上のほうにあるつり下げ用の突起物にひっかける。前の席が後ろに倒されているとこれでもう要塞のような「とおせんぼ」が完成する。で、おばちゃんはそれで何をするでもなくやがて座席の背を倒し「んがあー」と寝てしまう。

こういうおばちゃんが隣に座る、という事態を予測し、早いうちにトイレに行ったり、デッキでその日必要な用件の電話などをかけておけばよい、と思うのだが、もう事態はとりかえしのつかないところまであれよあれよという間に進んでしまっているのだ。

それにしても、このおばちゃんはなんのためにテーブルの上にバッグその他のいろいろを並べたのだろうか。すぐに居眠りしてしまうのなら意図不明のいやがらせ、としか思えない。到着までの時間はまだまだ長い。

サードマン現象

サードマン現象というのをご存じか。

たとえばこういう例。

南極で流氷に囲まれ、身動きがとれなくなった探検隊が帆船から脱出を試みた。五人の脱出先発隊が海氷の上を歩いているとき、全員が自分らは六人いると信じていた。

彼らは助かるのだが、その段階で一人足りない、ということがわかった。しかしその一人が誰なのかわからない。

わからないけれど、全員が「仲間はもう一人いて、たしか我々はずっと六人で歩いていた筈だ」と互いにしっかり確かめあうのだ。

その六人目の人間がサードマンである。

これは一九一四年から一七年にかけて行われたイギリスの南極探検隊「エンデュアランス号の探検記」に出てくるエピソード。

脱ぎます
あっ北極熊
あっ六人も
あーっ
バカ ここは南極だ

似たようなケースで、冬山脱出のときなどにサードマンはしばしば現れる。凍傷や「雪目」(激しい雪面からの反射で一時的に視力がなくなる)になった人がチームにいてみんな精神が混濁していた、という背景もあるが共通して自分らにはもう一人同行者がいた、と主張するのだ。

不思議なことにサードマンが現れるときには大抵チームの全員が生還する。サードマンは、日本的なわかりやすい表現でいうと「守護神」というやつなのかもしれない。

どの例でもサードマンが誰なのかわからない、「サードマン」が生還したかどうかも不明なのだ。ますます守護神伝説のいろあいを深めていく。

医者や科学者は、この現象を、窮地におちいった当事者の共同幻覚でしかない、というふうにかるく片づけている。常に「死」という極限にさらされている人々と、都市で安定した生活をしている人とは同じ次元や感覚では論じられない話のような気がするのだが。

ぼくの体験でいうと、二十一歳の頃にサードマンに遭遇したような気がする。

自動車免許をとってまだ一週間足らずの友人の運転するピックアップトラックに乗って何か荷物を載せて東京に行った。

その頃ぼくはその免許とりたての友達と同じ千葉県に住んでいた。クルマは我々共通の友人のところから借りてきたかなりあたらしいものだった。

ぼくにも記憶はあるが、免許をとったときというのは運転したくてしょうがない。東京まではまあまあ危なげなく行った。当時はオートマチック車などなかったから、今より運転は難しいが、まあ若いからすぐに感触はつかめる。

そうして真夜中になって東京から千葉に帰ってきた。二月だった。途中雨が降ったがたいしたことはなかった。

だんだん慣れてきたらしく友人は軽快に飛ばしていた。その頃の千葉街道は夜遅くなるとあまりクルマは走っていない。

途中、屋台のラーメン屋に寄ってちょっと腹を喜ばせ休憩した。そのあいだにまた雨が降ってきていた。そうしてさらに友人はスピードをあげて突っ走った。もう面白くてしょうがないようだった。千葉の自分たちの町に近づいてくるときは雨はやんでいた。知らなかったが千葉は小雪が降り、道路は危険なアイスバーンに変わっていたのだった。ぼくは車体が全体に左右に揺れているような気がして後ろを見るとリアウインドウの向こうの風景が左右に揺れている。

「おい、車体が左右に躍っているぞ」

と、友人に言った。

「わざとやっているんだよ」

友人はそう言ってハンドルを左右に揺すってみせた。そのときクルマはいきなり道路から外れて猛スピードで歩道に突っ込んでいった。友人は慌ててハンドル操作で車道に出ようとしたが、もうハンドルが利かなくなっていた。車輪が斜めになりそのまま突っ走っていたらしい。そうしてもう一度歩道にむかい道路脇のコンクリートの電柱を斜めから突きあげるようにして止まった。

まだシートベルトなどみんなしていない時代だった。運転していた友人はハンドルに体の前面を打ちつけ、ぼくは斜めに跳び上がってバックミラーと天井に頭と顔を打ちつけていた。

失神はしなかったが、あまりの衝撃に何がおきたのかよくわからなかった。

そのときドアをあけてぼくたちを外に抱え出す人がいた。そうしてひきずられるようにして我々二人はその人のクルマの後部座席に押し込まれた。すぐにその人は我々を近くの救急病院に連れて行ってくれた。

あとで調べにきた警官が「ここに運び込まれるのがあと五分遅れたら二人とも出血多量で死んでいた」と言った。

その頃、ぼくは柔道二段をとったばかりであり、運転していた友人は空手の黒帯だった。二人とも人生で一番タフなときであったのも幸いしていたのだろう。

それにしても、我々を助けてくれた人は誰なのか知ることができなかった。そして後年、あの人が我々のところにやってきたサードマンと思うようになった。

もうひとつ、あるとき二十人以上で八丈島の民宿に泊まり、みんなで魚釣りに出ることになった。民宿のミニバスを借りてリーダーが「釣りバスが出るぞう」と声をかけた。

みんな釣り支度をしてゾロゾロ乗り込む。目的地についてすぐに釣りを始めたがあまりはかばかしくない。それはまあ我々のいつものことでもあった。

飽きてきて、そろそろ昼飯にしよう、ということになった。途中、幹事が人数分のホカ弁を買っていたのだ。各自それをもってクルマ座になって弁当を広げる。

ところがどうあっても一人分足りないのだ。幹事は「おかしいな。たしかに人数分買ったのに」。点検してみると、我々の知らない人がいつのまにかまじっていて弁当を食っている。そいつは民宿主催のオプションの釣り遊びと思っていたらしい。こういうのは「ただ飯マン」とでもいえばいいのだろうか。

はやりものは悲しいね

ユルキャラというの、あれいったい何なのですか。日本中どこに行ってもあのヘンなものがいる。お店などの宣伝用だったらしょうがないけれど、最近は行政がああいうものをこしらえて、つまりはまあ税金を使ったおちゃらけでなにか大切なコトをごまかしているような気がする。とにかく存在が気持ち悪いぞ。

日本人は本当に疑いを知らぬ性格のいい幼稚な民族なんだなあ、と思うのは行政の作ったああいうものを「かわいいー」とかなんとかいって無防備に受け入れてしまうところだろう。一緒に記念撮影してVサインかなにかして喜んでいる。子供だけでなく大人も無邪気にそうしているのだ。

あれ一体で百万から三百万円ぐらいするそうである。いまや全国に千体(いや三千体はいるという説もある)、合計するとあのキモチワルイものに幾らお金をかけているのだろうか。そのお金をもっとヒューマンなものに使えないのだろうか。

日本のああいう意味のよくわからん物体がよその世界にいきなりあらわれたらその国の人はどう反応するだろうか、などと考えることがある。中国だと、それが何の役にたつのかわからないうちにすぐ似たようなものを作り出すような気がする。北朝鮮だと生体反応があろうがなかろうが即刻ミサイル射殺だろうか。イギリスだったら人々は当面無視するのだろうな。「このモノはなぜここにいるのか」などと議論しようにもしようがないモノだからね。

このあいだアメリカに行ったとき、ユルキャラとは違って動けないけれど道路の脇に巨大な、あまり可愛くないいかにもガスで無意味にふくらませたような不思議物体が何カ所かに置かれていて不思議だった。

聞いたら目の前のその企業とか事業体のやりかたに抗議するために置かれている未確認放置物体らしい。かなり大きなものだったけれど警察も誰も片づけないのがいかにもアメリカらしく面白かった。

ラオスあたりにあらわれたら子供たちの人気になるだろう。でもたぶんすぐに飽きられる。そのへんはアジア全部にいえるような気がする。ちょっとみるとヘンで面白いけれど、いくら眺めていても自分らに何も役に立たないとわかると家事手伝いが忙しくそんなものにつきあっている暇はないからだ。

ロシアだったら最初は武装した警官や秘密組織に包囲され厳重に用心深く接近され、やがて破壊されそいつの素性が徹底的に調べられるだろう。

ブラジルだったら子供を含む住人にすぐにナイフやナタで切り裂かれ、ほしいものをあちこちに持っていかれるだろう。アフリカも同じ。結局、高い金を出してああいうものを作り大人も子供も無邪気に受け入れ、でも一年もたつといともあっさり忘れられてそこらの粗大ゴミになっているのが日本のユルキャラの末路だろうか。

本来、あんな目的のよくわからない欺瞞のかたまりのようなものを作ってはいけないし、行政が作ろうとするならそんな目的のはっきりしないものを税金で作らせない市民の見識が必要なのだ。

話、まったく違うがどこか本質的に似ているような気がしてならないのが、近ごろやたらと目にするようになった「○活」という文字の使いかただ。最初は就職活動を「就活」と簡略化させたところからはじまったような気がする。じき結婚にたいして「婚活」という言葉が生まれた。

言葉を大切にしない日本人はソレッとばかり次に「終活」なんてのを語りだした。このときはじめて違和感を覚えた。「活」というのはもともとアクティブな語感を持っている。だから「死」の分野に「活」はなじまない。最初の本意はやがてむかえるであろう「死」にたいしていかに精神を安定させ、残された者に迷惑をかけないよう身のまわりのアレコレをきれいにしておくこと、というふうに受け止めたがちょっとねじまがって考えると「自殺」を幇助（ほうじょ）しているふうにもとれる。方向になじまない言葉とでもいおうか。

「離活」というのは離婚にむけた「活動」のことらしい。それにはいったい何を「活動」させたらいいのかよくわからない。そう決めたらとっとと離婚届にサインして相手に同意をもとめりゃすむことじゃないのかね。こういうことば、いったい誰がいいだし、それを煽（あお）るのだろうか。

「転活」というのがあるのを聞いて笑ってしまった。意味は転職活動のことらしいけれど、最初耳で「てんかつ」と聞いたとき「てんぷら」と「とんかつ」をあわせて載せている丼を思い浮かべちょっとアブラつよすぎるんじゃないかなあ、若い頃なら注文したかもなあ、なんて思ってしまった。

「恋活」というのもあるという。恋愛活動のことらしい。なんでも「活」をつければいいってもんじゃないと思うけどなあ。

「婚活」の延長線上に「妊活」というのがあるらしい。結婚して妊娠するための活動なんだとさ。どういうふうに手足動かして活動するのか一度見てみたい。こういうのをいいだすのは大抵その周辺に関連した金儲け産業の末端がからまっているとみていいだろう。

むかしは恋愛から結婚、妊娠、出産までべつになにも活動しなくても自然に進んでいったものだ。「恋活」なんていって無理するからじき「離活」につながってしまうのだ。結婚して十数年、倦怠期にはいった夫婦に「倫活」というのが誘惑的によりそってくる可能性もある。倫理活動の略じゃなく不倫活動のほうですね。

不倫なんていうのは気がつかないうちにいつのまにかそうなっちゃってる、というのが実際だろうからずっと「活」の人生をやってくるとそういうところまで計画的に路線化されていて気がついたら「あれ、こんな泥沼にはまっちゃって」なんていうコトだってありそうだ。で、むかしだったらその次は「心活」だ。心中活動ですね。

やがて出てくるスマホハメコミ人間

ぼくはパソコンはやらない（できない）からそれに似たスマホもやらない。いまはかなりの高齢の人でもスイスイやっているのをよく見るから、同じ歳ぐらいの人との会話でもそっちのほうの（つまりパソコン関係のね）話になるとまったく理解不可能で、何を言っているんだかまるでわからなくなる。

よもやこんな人が、と思われる古色蒼然としたヒトが「ええはい、ワイハイね」なんて言っているのを聞いて「ええはい、ワガハイはね」と言ったんじゃないかと思ったのだがちゃんと使いこなしているんだからすんごい時代になったものだ。

しだいに世の中からおいてけぼり感が増していく。

でもいいんだ。

ぼくはまあ携帯電話はあるしメールだってできるからそれ以上何が必要なのだ、と考えている。携帯電話だってタクシーを呼ぶときワンタッチで来るから便利だなあ、と思うがあとは家にいる場合は地上有線のむかしながらの電話であらかたコトは足りる。

それで思いだしたことがある。一九九〇年代の後半、何度目かのモンゴルの旅をしたときウランバートルの市内を歩いているうち、かなりのヒトが例の家庭で使う大きくて平たい受話器を持って歩いている。

壊れたり故障しがちな電話機を今日はどこかで安く修理してくれる日なのかな、と思った。でも交差点で信号待ちしているとき向こう側にいる人がその家庭用電話を使って誰かと話をしているのを見た。そのとなりに奥さんらしき人が電話機の本体を水平に持ってかしずいてるかんじだった。

なんと、あれは現役の使える電話機なのか、とびっくりしたものだ。

あとでいろいろ聞いて知ったが、これがモンゴルの携帯電話のまさしくあけぼの期で、我々のとシステムがまるでちがう。

大きな「親機」と沢山の「子機」を想像していただきたい。

ウランバートルの真ん中あたりに高い電波塔があって、それが「親機」の機能をなしているのであった。そのまわり、だいたい市内一円を子機がぐるぐる回って会話している、というわかりやすいシステムなのであった。

我々のコムズカシイ理屈によって作動しているコンピュータがらみの携帯電話とはま

ったく関係ないシンプルなそいつに「さすがモンゴル人！」とひそかに拍手をおくったものだった。モンゴルぐらいそういう独自のアナログ寄りの携帯電話システムをもっと進化させてモンゴル独自の発達をとげてほしい、と思ったもんだ。

モンゴルのこれからの独自の発達に期待していたのだが三年後に行ったら、我々とおなじような小型の無線回線による携帯電話に変わっていてがっかりした。

とくに遊牧民が馬に乗って、腰に二丁拳銃ならぬ二丁ケータイで走ってくるのを見てかなりがっかりした。絵にならない。

しかし、モンゴルみたいな広大なエリア（日本の面積の約四倍ある）を移動している遊牧民などにこそ携帯電話の価値ある使いかたができる。

遊牧民は馬や牛や羊を草原に放牧する。動物たちは一日たつとかなり遠くまで群れごと移動してしまう。遊牧民の朝は自分のところの家畜がどこにいるか探すのがまず最初の仕事だ。

馬で隣近所の遊牧民に「おらのほうの牛の群れ見なかっただか？」なんて聞いて歩くのが仕事だ。隣の家（ゲル、内モンゴルはパオともいう）といったって馬を走らせて三時間ぐらいかかったりするのだからたいへんだ。

こういうところこそ携帯電話が真に役にたつのだろうな、と思った。

「もしもし、いま何してる？　遊べるう？」

なんてアマタレ声で恋人同士伝えあうような発明品ではなかった筈なのだ。もっといえばあの腹立たしくもこすからいフリコメ詐欺などに使わせるために生まれてきたのでもない筈だった。

しかし、これまでがそうであったように時代はどんどん進んでいく。

携帯電話的なるものもどんどん異態進化していって、やがて手に持っていちいちアドレスのボタンおしたり擦ったりしなくてもすむように確実に進んでいくだろう。有機体と機械の融合技術が進み、人間の耳朶の周辺に超小型化された通信システムが植えつけられるような日が確実にやってくるはずだ。

耳朶の奥、顎のかみ合わせのあたりにマイクロチップ化された電話――というより神経刺激稼働装置が外部からの通信、当人からの発信をおこなう。スイッチの切り替えは顎のかみ合わせでの微妙なズレで十分いける。

通信（電話）が来ると奥歯がいきなりガタガタいう。通信を受けたほうは低くても普通に話せばよく、顎関節とともに微妙に伸縮する舌や喉の縮小拡大呼吸微調整で相手に通話信号が伝わりそっちのほうで音声化する。

かくて電車の中は低い声ながらも囁くような会話で充満し、そのうち車内で「まわりのかたのご迷惑になりますから囁き通話のスイッチはあらかじめお切りになるか頭部へルメットのマナーモードに切り替えて下さい」というアナウンスが流れることになる。

このシステムのいいところはまずよほどのこと（顔面崩壊ぐらい）がおきないとどこかに「わすれない」ということである。

そんなの実現するコトあるかあおめえ。電話機を身体に埋め込むなんて……とハナから疑う人は沢山いるだろう。しかし我々はほんの百年前に個人が電話を持ち歩き、およそあらゆるところで通信をすることができるなんて想像さえしていなかった。十円玉投下式の公衆電話を使っていたのはほんのつい最近のことではなかったか。その頃は海外の人とのテレビ電話なんて三百年早い、ＳＦマンガの世界の話だ、などと言われていたが、つい最近わが家でアメリカにいる家族とそれで話をした。未来はもうどんどん現実のものになっているのだ。

むかしはみんなよかったなあ

たて続けに人生回顧的な場所に行った。千葉市と江戸川区である。どちらもカルチャーセンター的なところで「まあ軽いお話をする」という用事だった。

千葉は五歳から十九歳まで住んでおり江戸川区は二十一歳から二年ほど。そのあと武蔵野に三十年という具合だったから総武線と中央線をタテにつなぐところがわが人生で一番多感かつ激動のときを過ごした場所、ということになる。とくに少年時代を過ごした幕張が一番思い出が豊富で、時代背景もよかった。

東京湾の自然の風景が生活の目の前にそっくりあったのだ。ぼくは東京生まれだが、そこは心の故郷だ。今はあまり使われなくなってしまったようだが「袖ケ浦」というきれいな名前で呼ばれていた。遠浅の東京湾のいちばんいい時代ではなかったろうか。海苔の産地として栄えた。あれは海のなかに何本も竹を打ち込み、その海水中に漁網のようなものを張って海苔の種を植えつける。

そうして海苔の一番成長する真冬に素手でむしりとり、真水でよく洗って刻み、ヨシの簀に型どりして均等に流し、一日陽干しして乾燥させてできあがり。「浅草海苔」として出荷されたようだ。最盛期は一〜三月ぐらい。まだ暗いうちからの水作業だから厳しい仕事だった。

そして夏休みになると幕張の町はちょっとした観光地になった。潮干狩りの客があちこちからやってきたのだ。砂浜から急づくりの橋ができ、そこをわたって「海の家」に入り、潮干狩りに出るときや帰ってきたときのシャワーや着替えをする。それから自分たちで取ってきたアサリやときにはハマグリなどを眺めながら大人はビール、子供はラーメンなどを食べてうれしそうだった。

小学一年生から完全に「地元の子」と化したぼくは夏休みを殆ど海で過ごしていた。遠浅の海特有の引き潮のあとにできる干潟ではそれこそ天文学的な数におよんだだろう小さな生物の豊富さに圧倒された。

いつも小さなカニがたくさんいた。よく晴れた干潟にせいぜい一センチぐらいのチビガニが巣から出てきて泡をふいている。そんな小さなカニでも干潟全体にまとまると「泡をふく音」になって聞こえたのだ。走ると視界にあるカニが一斉に動き、目が回るようだった。砂のなかから口をひらいたシオフキやイソギンチャクを海鳥がつついていたりするのもよく見た。潮干狩りの客はアサリをひたすら取っていたが、ぼくたち地元の子は「ベカ舟」という簡易小型の木の舟（山本周五郎の『青べか物語』と一緒）で沖に出る。水深二～三メートルぐらいのところに行くと潜っていってハマグリのライフサインをさがす。馬蹄形をしているのですぐにわかった。ぼくたちはそれを「ハマグリの目」と呼んでいた。干潟ではなかなか見つけられないが、潜って海底をしっかり見ていくとそのアリカがわかる。

見つけると腰にぶら下げていた竹ベラで一〇～一五センチ掘るとめざすものがいた。一度の潜水で一個の獲物じゃ息がもったいないのでたいてい二～三個は見つけ水泳パンツのなかに保管して浮上し、ベカ舟にいれた。三人ぐらいで六十個ほど大ハマグリを取ったこともある。そうなるとハマグリ漁みたいになり、痛快だった。

あるときガザミを海底で見つけた。大きくてうまいカニだから興奮した。潜っていって両手できっちり捕まえた。そいつもパンツのなかにいったん収容したが焦ってガザミを収める向きを間違え、ハサミでチンポコを挟まれてしまった。「ＡＢＣＤＥＦＧカーニにチンポコ挟まれた。いてえいてえはなせ。はなすもんかソーセージ」という子供の歌があるが、あれを本当に体験してしまったのだ。

帰りは満ち潮にのってベカ舟を漕いだり泳いで押したりしてくる。その頃に基本的な体力や筋肉のもとをつくったような気がする。

南風の強いときはなぜかカレイが満ち潮時に波うちぎわに集まってくるので銛を両手にもって「ワーッ」と叫びながら横に突っ走るとときどきカレイに突き刺さる。そのときブルブルッと震える銛の感触はいまだに忘れない。しかしときどきカレイにまじってアカエイもいて、これを踏みつけると尾をくるりと反転させ付け根にある長い毒針を反らせて足の甲を刺す。

これは痛い。小さな子だと死ぬこともあると言われていた。小学生のぼくは最初に刺されたときは午後から動けなくなったが翌日は治っていた。

このアカエイには都合四回刺されたが、四度目ぐらいになると体に抗体ができているらしくさしたるダメージはなかった。

そうした子供の頃の濃密な記憶の場は、いま幕張メッセという子供の頃には想像もできなかったような近代都市に変わり果ててしまったけれど、あの広大な埋め立て地の下でかつて元気に活躍していた小さな生命は全部消滅してしまった。

だからぼくはあの新しい都市の高層ビル群を最初に見たとき、かつての豊かな海が死に、その生物たちの墓標のように思えた。

新宿から千葉までの総武線鈍行にゆられながらそんなことを思いだし窓から外を眺めていたが、線路沿いの風景もすっかり変わって知らない世界になっていた。

さすがに川は同じところに流れていたけれどその周辺の風景そのものがちがっていたから期待した感慨には遠かった。

千葉の会場は大きなホテルの小ホールのようなところだった。そこに行くまでのあいだに何人もの小・中・高のかつての友人らに声をかけられた。でも名前を言ってくれないと誰なのかまったくわからない。四十〜四十五年ぶりなんていう人が殆どだったからねえ。名前がわかると自然に大むかしのそいつの顔が蘇(よみがえ)ってくる。「一杯やってかないか」と誘われたがぼくにはこの原稿を書く仕事があった。残念。

人生七十古来稀なり
まれ
室生犀星
氷
おでん
ふるさと
故郷は遠きにありて思うもの

いろんな国々のお正月を見た

思いかえしてみるとぼくはかなり世界のあちこちで新年を迎えている。長い旅に出ているときが多かったので暮れも正月も関係なしに移動していたからだ。

一番心に残っているのがパタゴニアの新年だった。

ぼくは五人のチームでマゼラン海峡のけっこう厳しい船旅からプンタ・アレナスというチリ最南端の町に戻ってきたところだった。

パナマ運河ができるまでは太平洋と大西洋をつなぐにはケープホーンを回ってこなければならず「吼える海」と言われて恐れられているドレーク海峡を越えてくる。

どっちの方向でも（太平洋側へでも大西洋側へでも）ここさえ通過できれば無事帰還できると言われていた。

だからチリ最南端のその港町に必ず寄港したからむかしから喜びの港として栄えていたが、ぼくが行った頃は通過する船舶は殆どなく、すっかりさびれて悲しいくらいひっそりとしていた。

年越しには人々は教会に行ってみんなで賛美歌を歌いそれぞれ祈る。南米は「マリア様」が偶像だった。

賛美歌も演奏はギターで歌はスペイン語だった。日本と逆の気候になるので「夏」のお正月である。でも夜には羽毛服が必要だった。スペイン語の賛美歌が妙にやるせなく不思議に感傷的だった。

新年へのカウントダウンがあり、いよいよ新しい年となるとそこらの近くにいる見知らぬ男女が抱き合っていいことになっていた。だからカウントダウンがはじまるといい女のところにじわじわ迫っていく男が多く可笑しくもなかなかスリリングだった。抱き合う男女は次々に相手を変えていく。ぼくもその輪のなかにいたが慣れていないから腰がひけてタジタジだった。

ロシアは二カ月ほどの極寒の厳しい旅の丁度中間あたりで新年になった。

シベリアのイルクーツクという美しい街で外はマイナス四〇度ぐらいだった。ある程度裕福な人々や旅行者は大きな劇場レストランで食事をしウオトカをいつもより盛大にいっぱい飲む。

レストランの舞台ではロックがバカデカ音で演奏され、情緒というものは何もなかった。ロシア人は太った人がやたら多く、新年をダンスで迎えていた。

シロクマさんとクロクマさんがわさわさ盛大に埃をふりまいてくっついたり離れたりしてキスなどしていた。なんだかヤケクソで年越しを祝っているような印象だった。可憐でセンチメンタルなロシア民謡などのイメージはゼロでしたなあ。

チベットは標高四〇〇〇メートル近くあるラサあたりでも住民の家には暖房装置というものがない。信じられないかもしれないが富士山とほぼ同じ高さの土地だけれどカシミールと同じぐらいの緯度にあり、太陽に近いぶん冬でも空が眩しかったりする。けれど一日の寒暖の差は激しく夜になって寒くなると人々は外套を着て家のなかで生活していた。

新年は大晦日とつながっているかんじで、チベット暦（西暦とはちがっている）の正月がある。

大晦日は紙に火をつけ家の中の隅々を「トンシャマー（出ていけー）」と言って火で何かを追い立てるようにして走りまわる。

悪霊を追い出す「大掃除」なのだ。同時にバクチクをならし、火と爆発音の両方で攻めていく。各家が同じことをして悪霊を集落の一カ所に追い詰める。

日本でいうと辻々にあるゴミ捨て場とよく似ていた。

こうして家の大掃除をすませると、正月料理の準備をする。日本のお雑煮（ぞうに）にあたるものがあった。小麦粉を練って小さなダンゴをいっぱいつくり、その中に糸とか炭とか小さな布の切れっ端などを餡（あん）のかわりみたいに仕込んでおく。そうしてスープにいれてみんなで飲み、まずは祝いあう。あまり酒は飲まない。

小さなオダンゴの中に仕込まれたものはそれぞれに意味があり、オミクジに似ている。吉兆のシナモノがあたるとみんなが大騒ぎ。本人も手を広げて大喜びしたりして、とても無邪気でつつましく笑い声がたえない。

台湾のお正月は賑（にぎ）やかで街中がおまつりみたいになる。いろんな扮装（ふんそう）をして人が行列を作って歩いてくる。それをとてつもない数のバクチクが景気をつける。ロケット砲みたいなバクチクがあって結構危険な角度で飛んでくる。タイコがドンガンドンガン打ちならされ、人々がどんどんコーフンして新年を迎える。

モンゴルは標高二〇〇〇メートルはあるので冬は雪が積もる。遊牧民のいる草原には二〇センチぐらいの積雪があることが多い。

新年には一族のみんな（大家族が多く、分散して住んでいる）が長老のゲルに集まってきて新年のお祝いをする。御馳走（ごちそう）が並べられるが肉料理と乳加工食品が多い。アルヒというロシアのウオトカに似た酒がふるまわれ、みんなで天や大地に祈りを捧げる。

子供は乳だ。全員で乾杯し、それから日本みたいに「お年玉」が渡されるが、日本とは逆で上座（かみざ）に座った長老夫婦（おじいちゃんとおばあちゃん）に一族の一番幼い子から順番に長老にお年玉を渡す。そうしてどんどん歳の上のほうの者が長老にお年玉を渡すのだ。一族の繁栄のおおもとになってくれた長老をうやまう遊牧民のこの新年の風景はなかなか羨ましかった。

ベトナムのお正月のときは貧しい人々が住んでいる地区にいた。

子供たちが独特のカラクリ人形をあやつって日本でいうカドヅケをしている。主に船上生活者の新年風景を見ることが多かった。おばさんが十人ぐらい集まり立てひざをついて激しいバクチをしていていて迫力があった。それもいたるところでやっている。だからバクチクじゃなくてバクチ新年だなあ、と思った。

時代の明日はミクロの戦いになりそうだ

今世紀、我々の生活にもっとも近く、もっとも大きく深刻な問題になりそうなのは「水」だろう。「飲み水」である。自然環境的に世界でもっとも「水」に恵まれているのはノルウェー、アイスランド、カナダ、ブラジル、インドネシア、日本——などといわれている。「明日、自分が飲める水がはっきり確保されているか」というところがポイントになる。そういう国は世界の中ではこのようにすでにマイノリティになってしまっているのだ。

水が潤沢な国が存在する一方で、国そのものが水不足になってしまい、川が国境をなしているようなところがいまいちばんあぶない。この対立が明確になっているところでは川を挟んで「水取り戦争」がおきやすくなってきている。

ヨーロッパでもっとも水が潤沢な国のひとつアイスランドに行ってその例を見てきたが、北海道と四国をあわせたくらいの国土の大半は火山と溶岩大地で、緑が少ない。冬は高山の殆どが雪と氷河に覆われる。

それでもたくさん流れている川の殆どはみんなきれいでおいしい。源流から海に落ちる滝までそっくりミネラルウォーターだったりする。ダムや堰堤によるコンクリート汚染や川に汚水を流す工場が規制されていたからである。

日本も川の数では非常に裕福な密度にあるが、かつての為政者がオロカだった。川のそばにどんな工場でも建てられ、そこの廃棄汚染水をいわゆるダダモレにして、多くの川に毒水を流した。長いことダイオキシンや鉛や水銀をタレ流し、流域の多くの人を殺し、いまだに完治していない人をたくさんつくってしまった。豊かなるがゆえの無知そのものが日本の川行政の本質だった。

ダムを造りすぎた責任も大きい。日本の多くのダムは行政と巨大ゼネコンが結びついたからで、これは共同犯罪に近い。

それでも日本はまだ恵まれている。

毎年、周期的に梅雨と台風がやってきて新たに大量の水を供給してくれるからだ。梅雨も台風も土地によっては災害をもたらすネガティブな側面をもっているが、こういう循環は恵みと考えていいような気がする。

「天からの恵み」がない広大な砂漠を抱えた国や、地質的に川が水を浄化しない土地などに住んでいる人々にとっては垂涎のマトそのものであるからだ。地球は実に残酷に不公平にできているのだ。

　数年前、人の死についての本を書いた。そのために二年ほど各地を取材したが自然環境的に恵まれすぎているところに住んでいる人と、そうでない人とのむなしい違いをここでも目の当たりにし、水問題と同じようにしばし考えこんでしまった。

　その問題の基本にやはり水や森林が大きく関係していた。頭では理解しているつもりでも実際にはわかっていなかったのは「森林限界」という厳しい現実だった。

　たとえばチベットの鳥葬。それをきいてなんと残酷な、という人が世界にはたくさんいるようだ。

　でも実際にチベットを歩いてみると平均標高四五〇〇メートルの世界は、岩と氷河が支配しており、日本のように遺体を燃やして骨にまでする、という環境にない。

　一方でここは施しの文化だから、魂を昇華させたあとのヒトは単なる軀と考えて空腹の鳥や山犬たちに食物として施す。

　北極圏には墓がない。夏になると大地が顔を出すが、永久凍土の地盤だから、人を埋めるとずっと冷凍死体となってしまう。

　結局遺体は氷の海にのみ込ませるしかない。

タクラマカン砂漠では古代の人たちのミイラ化した死体をたくさん見た。砂と太陽の国ではそうするしかないのだな、ということがよくわかった。ミイラになってから年数をかけて風化させるしかないのだ。

インドシナ半島では死体を櫓（やぐら）にのせてジャングルの中に〝放置〟する。太陽と鳥や動物やバクテリアに遺体の処理を任せる。

水問題と人間の死後について同時に語ったのは共通した未来科学に関係するからだ。いま、ミクロのスーパーサイエンスがしきりに語られるようになった。そのひとつの方便がミクロ生物（もしくはミクロ機械）の集団脳である。サイバネティクスではこまかい粒々のような〝機械〟と考えていいようだ。いろいろな使い方があるがこの生きている「粒々生物」を使って遺体を処理する技術が研究されている。

死んだ人間の体を分解し、他の物質に変換させる。たとえば土地の改良だ。岩石、あるいはその反対に砂漠のような砂に処理物質（分解された人体）を混入させ、別の活性化の道へ方向づける。ミミズが大地を食べてせっせと糞（ふん）をし、栄養にみちた土壌に変えていくようなシステムに似ている。

この技術が確立したら素晴らしい。ヒトは死して（文字どおり）本当に天空と大地に戻るのだ。このままでいくと地球は先祖の墓ばかりの惑星になってしまうじゃないか、と思っていたがこのハイテクがひとつの光明を感じさせてくれた。

海水を淡水化するシステムもすでに稼働していて、原油はあるが水がない中東の国々に大規模なプラントができている。これもミクロン単位の逆浸透圧（逆浸透膜＝ＲＯ膜）の原理を利用している。

もし不幸にも今後大規模な戦争がおきたときも、最初の基本はミクロの攻撃になりそうだ。たとえばいま宇宙空間には各国のおびただしい数の人工衛星が周回しているが、これらの多くは宇宙や地球の観測および通信システムといっているけれど、実はスペースＧＰＳのようにしてミサイル攻撃の目標地の指示をする。だからこれを攻撃されて最初に機能しなくなったほうが負けなのだ。危険なスペースデブリ（ミクロン単位の宇宙ゴミ）の削除と言って打ち上げられているキラー衛星の殆どは、それ自体がもっとも危険な攻撃衛星なのかもしれないのだ。

もう！　どっさり出ました

新聞の折込みチラシにときどき入る「握り寿司」の広告が謎である。すみずみまでくわしく読んでいないので間違っていたらごめんなさい。

カラー一面にズラーッと握り寿司の写真が出ている。写真だけれどうまそうだ。しかも安い。

ちょっとだけ気になるのが、こういうものをどこに買いに行けばいいのか、ということと、買って持って帰るのはずいぶんカサばるだろうな、という懸念だ。通販で注文できそうだがそうするとどういう状態でわが眼前に現れるのだろう？　という素朴な疑問もある。

まだほのあたたかいシャリの上にほどよく脂に光るマグロの中トロとか、粋でいなせなトリガイとか、とりたてじゃない「とられたてですわ」と怒っている江戸前のシャコとか、今が俗にいう旬なんデエ、などとえばっているアナゴ。パリパリの浅草海苔を身に巻いた鉄火巻きなんかが、どこからどのようにして我が家まで届けられるのだろうか？

食い物である。いかに酢でしめてあるといってもあんまり遠いところから届けるわけじゃないんだろうな、というのは地域が限定されていることから推察できる。

もしも全国規模で寿司を通信販売するとしたら考えられるのは真空パックというセンである。寿司を真空パックしちゃったらまあ写真で見たイメージとはだいぶ違うだろうなあ。

握った酢めしと具が別々になっている、ということもありうるだろう。そしてまあ真空パックされたシャリの上に真空パックされたマグロをのせてそれぞれ常温になるまで待つ、というコトになるだろうか。あるいは電子レンジで一気に。ちょっと気を抜いたら焼き魚化する危機。えらいこっちゃ。

謎は深まる一方だ。

近くにある回転寿司と全国ネットで提携していて、そこから握りたてのが「あいよ」といって届けられる、というセンもあるだろうが、とにかくくわしく読んでいなかったから真実はわからんのよ。謎を秘めたまま年をこえたのであった。

新聞の通販広告でこの握り寿司と同じくらいインパクトを与えるのは「カニ」である。

暮れは松葉ガニが高級路線のトップをいき、広告に出ている値段もなかなかである。カニならば冷蔵して全国に送れる。そういうコトもいまの日本では十分可能である。

以前、ロシアに行ったとき「日本じゃな、北海道の毛ガニを『タクハイビン』というもので送るとまあたいてい二日後にはたとえば九州に住んでいる友人の個人宅にまで届けられるんだよ」とロシア人に言ったら誰もまったく信じなかった。

「ありえない！」

というのだ。

「だって本当なんだもん。日本ではありえるんだもん！」と泣きそうになりながら言ったのだがやっぱり最後まで誰も信じてくれなかった。ロシアでは鉄道の貨物車が一年で千台も行方不明になるんだから、とその信じない理由を述べていた。

「だあらね。わしらの国はそんなふうにすべてに大ざっぱなあんたらロシアとは違う国なの！」と言っても駄目だった。

話かわるが、寝そびれて夜中にテレビの衛星放送などぼんやり見ているといたるところでコマーシャルをやっている。地上波と違って長い時間やっている。さらにコマーシャル集中時間なのかいたる局でやっているから始末がわるい。どこをまわしてもそればっかりなんだものなあ。もう覚えてしまったトーカ堂の空気清浄機とか超高倍率のデジタルカメラ。

商品を説明するおじさんはいつもグレーのスーツで小太りの体躯によく似合ってますね。でも見飽きたのでほかのチャンネルにするとそこでもやっている。いそいでさらにほかのチャンネルにいってもやっぱりやってる。トーカ堂から逃れられない時間帯というものがあるのだ。あれ宣伝費どのくらいかかっているのだろうか。

このCMで楽しいのは、最後にグレーのおじさんが値段を言うとき内緒話のようにいきなり声をひそめてしまうところ。さらに急に早口になるところ。これなんかはもはやひとつの「トーカ堂芸」になっているんじゃないでしょうかね。

一般的にテレビ通販で多いのは体のおしゃれグッズだろうか。でもお腹に貼るだけで知らぬ間に腹筋がついている、というのなどはちとずるセコインじゃないかね。

充電式で腹部に貼るとコマカク振動し、その刺激で脂肪などが分解して腹筋効果が出ると言ってますな。それをつけて外出もできます、というんだけど電車の中などにつけていくとブーンなどという音がモレてしまうんじゃないの。いやそれでもいいんだけれどね。

女性のおしゃれ商品が多いですなあ。これも長くてくどい。あきらかにその業界のヒトで、歳格好など見ると指輪なんかそれを作っている会社の経営者、もしくはその奥さんではないかな、と思えるヒトがよく出ている。スポンサーだからそれでも誰も文句言わないわけだ。

でも見ているほうはヘンなとこに迷い込んでしまって厚化粧の饒舌なおばさんにつかまってしまった感じ。テレビだからトットとほかのチャンネルにいけばいいのだけれど別のトコロにも似たようなおばさんがいてむかしのバンコクあたりの迷宮市場に入り込んでしまったような気分になる。

もっとすごいのが「どっさり」系のＣＭですなあ。はじめてあの種のを見たとき何を言っているんだかよくわからなかったけれどつまりは便秘のお茶かなにかでしたな。

「もうびっくりするぐらいどっさり！」

なんていかにもどっさり顔のおばさんがあられもなく嬉しそうに笑っているのを見ていると「よかったねえ」とこっちまで嬉しくなってくる。

うー鍋を
買い
すぎた。

この映画のこのシーンがいい

いろんな映画には忘れられないシーンや何度も見てしまうシーンがある。昨年の暮れ、すべての仕事をおえてぼんやりしていたとき「そうだ『ディア・ハンター』のあのシーンを見よう」といきなり思った。

アメリカのピッツバーグ郊外にロシア系の人々が沢山集まっているクレアトンという町がある。そこで働く若者たちが結婚式で祝うシーン。懐かしいロシアの曲のなかで大勢が祝う。そのけっこう長い華やかな歌や踊りの余韻がおさまらぬうちに場面は非常に対照的なインドシナ半島の戦場になる。

現地の兵士に囲まれての、有名なロシアンルーレットの場面だ。恐怖のあまり狂気に陥る出兵したばかりの彼ら。拳銃には一発の弾しか入っていないが、銃口を自分の頭にあてがいそれを交互に撃って勝負する。どんどん死んでいく仲間たち。

やがてロバート・デ・ニーロがいきなり「三発入れて勝負しよう」と言いだす。弾が飛び出す確率は三倍になる。非常に不利な一回ずつの勝負をしたあと、まだ発射していなかった三発でデ・ニーロはいきなり敵を撃つ。ルーレットの仕切り屋の額にプツンと穴があき、それをきっかけにしてまわりにいた敵の銃を奪ってほぼ一瞬のうちにみんな撃ち倒してしまう。そして脱出。ここまでのシーンのたたみかけが素晴らしい。

監督マイケル・チミノはそのあと一九八〇年に『天国の門』を撮ったけれどあまり評判はよくなかった。だから映画館に行かなかったが、あとでＤＶＤで見たら十分面白かった。やはりそれだけの力を持っている監督なのだろう。

『ゴッドファーザー』はパートⅡがいい、とよく言われるが、一作目のほうでアル・パチーノ扮する三男が、父親のゴッドファーザーの襲撃事件のケリをつけるために敵対するマフィアのソロッツォと、それに立ち会う悪徳警察署長との三人でレストランで会う。そのレストランの場所がなかなかわからないがギリギリで見つけ、あらかじめゴッドファーザー側の手のものが拳銃をトイレの水タンクの裏に隠しておく。静かな店で客もチラホラ。ときどきガードの上を走っている電車の音が効果的だ。武器を所持していないか散々警官に調べられたアル・パチーノは「トイレに行く」と言って席を立ち、隠されていた拳銃を持って冷静に席に戻る。ほどなくいきなり立ち上がり、二人の男の頭に続けて弾を撃ち込む。悪徳警察署長はスターリング・ヘイドン。若い頃にはＲＫＯ映画などのB級西部劇の主役なんかやっていたのを思いだす。

『ディア・ハンター』のときと同じように額の真ん中にプッンと穴があくのがとても効果的だ。ふたつの作品はまだCGなんか使えない時代に作っている筈だがあれはどうやって撮ったのだろうか、いまだに気になっている。プッンと穴があくのとあかないのとでは衝撃度が随分違うように思うからだ。

『ゴッドファーザー』は内容の激しさに比べてときおり流れる「愛のテーマ」がまたニクイくらい効果的だ。『ワンス・アポン・ア・タイム・イン・アメリカ』のテーマ「アマポーラ」も甘い旋律で魅了した。

映画と音楽の効果的な関係をもっともうまく使っているのは一九七三年に日本公開されたロバート・アルトマン監督の『ロング・グッドバイ』だろう。あるときは旋律だけであるときはいろんなスタイルの歌が加わる。こういうテーマミュージックの使い方もあるのだなあ、とつくづく感心したものだ。

主人公のフィリップ・マーロウもハンフリー・ボガートがやったようなトレンチコートのいかにもハードボイルド野郎ではなく、いつもくわえタバコでモゴモゴ独り言を言っている落ち着きのないイタリア野郎のようなエリオット・グールドがとてもいいんだなあ。

最初のエピソードは腹をすかせている飼い猫がいつも食べている餌の缶詰が切れていて、その缶詰のアキカンに別メーカーの餌を入れて騙そうとして失敗するシーン。こういうイントロがうまい。もうひとつの思いきった試みはカメラワークだった。

通常の映画のカット割りやシーンの構成はフィックスが基本だ。画面を動かさないことである。ズームとか移動などで動かしても動きはじめとトメのところで画面は固定されるのが普通だ。そうでないと見ているほうが落ち着かない。

でもアルトマン監督は、この映画の各場面を常に動かしている。少しずつだがあえてシロウト映画のような冒険をしている。でもそういうふうに撮っていくと長い固定したシーンなどが俄然生きてくるから不思議だ。

ラストシーンは国境近くのメキシコ。この殺伐とした辺境の田舎風景が泣かせる。自分を騙した親友（だったはず）の男を殺してからマーロウは誰かに貰ったおもちゃのハーモニカを吹きながら長い並木道を歩いていく。途中でやはり自分を騙し、さっき殺した男のもとに帰っていく女と黙ってすれ違う。この長いシーンは全部フィックスで撮られている。ふらふら常に動いていた落ち着きのないカメラワークと、そこかしこで流れるいろんなバリエーションのテーマミュージックを、全部この長い固定シーンでケリをつけている、という感じだ。もう何度目かになるが今年の最初、夜更けに見たのがこの映画。

アタマの神経を刺激されてそのあともう一本。あまり知られていないが一九五三年に公開されたジャック・タチの『ぼくの伯父さんの休暇』をまた見てしまった。これも五回目ぐらいだろうか。モノクロ、スタンダード。劇映画としてのハナシは殆どない。監督自身が演じる「伯父さん」がオンボロ自動車でどうにか走りながらフランスの田舎海岸に遊びにいっていろいろやらかす。とぼけていていかにもフランスです、というエスプリのきいたエピソードがとにかく楽しい。殆どセリフがないのでしかたないというかんじで音楽が効果をだしておりましたなあ。

本州最北端のラーメン

一月のモーレツに寒い頃に下北半島をクルマでひとまわりしてきた。数年前に『北への旅』(PHP研究所)という本でゆっくり時間をかけて取材し、今回はそれに続く完結編のようなものの取材である。

完結編といってもなにか大きなストーリーがあってそれを「完結」させる、というわけではなく、東北六県を宮城県あたりからじわじわ北上していけばなにか「見えてくるんじゃないか」。何も見えなかったらラーメン食って寝てしまおう、という相変わらずのシマリのないテーマで歩いていた。

一回の取材でひとつの県のあっちこっちを動くから花ざかりや農繁期などは元気のいい人といろいろ会え、話も聞けるが、次第に北上していき、今回などのようにとうとう真冬に本州の最北端まで行ってしまうと出会う人は殆どいない。取材というのはその土地に住んでいる人から何か話をきかないとふくらみが出ないからひとつの集落で一人のニンゲンにも会わないとたいへん困るのである。

屋根から低めにつき出ている煙突からよく燃焼している煙が海からの風にほぼ直角に吹き流れているのを見ると、みんな家の中でストーブを真ん中にじっと背中を丸めて潜んでいるような光景が見えてくるのである。

いけねえ、潜んでいるなんて犯人みたいなコトを言ってしまった。しかし用もないのにわざわざ荒れた海の風に吹かれにいくこともないわけで、うちんなかでじっとしているのがいちばん賢いありかただと思う。

そういうところへいきなり訪ねていって「コンチワ。突然ですが、あの例えば今朝のごはんはおいしかったですか」なんて聞いても迷惑がられるだけだろう。あたりまえか。

路地を素早く走るネコぐらいいてもいいんじゃないかと思うのだが北ネコのくせにやつらも寒さはいやなようで、まるで見当たらず、たぶんストーブのそばでじいちゃんやばあちゃんに抱かれてヒゲなど抜かれているのに違いない。

写真取材も兼ねているから低く垂れ込めた黒雲の下に荒れる冬の海峡の写真ばかり撮っていたが、漂う船の一隻も視界にはなく海鳥だけが鳴いている。

わーたしはひとりこごえそうなカモメみつめ泣いています。

あまりにも寂しいのでぼくは三十数年前に「ニュースステーション」で小さな旅番組

をときどきやっていた作家仲間の立松和平（若くして亡くなってしまったけれど）のナレーションの真似をずっとやっていた。

「ああ、ついに北の海だ。波がさわいでいる。あまりにも寒いからだろうなあ。漁師の姿は見当たらない。海鳥が小さく叫びながら風に身をまかせている。黒雲がたれ込めてきてそのむこうに太陽が隠されているのだろうなあ。裏山の松林が風に揺さぶられて悲鳴のような音をたてている。海岸沿いの漁師小屋が強烈な風に耐えている。こんな風に飛ばされてたまるものか、と言っているようだ。感動的だなあ」

さらに海風に体をナナメにかしげながら歩いていくと奇跡的に「ラーメン」と書いてある看板がみつかった。懐かしい匂いがする。どうやら営業しているようだ。

ラーメン屋に入ってもまだ立松和平のままだ。

「ラーメン屋がある。もしかするとここは日本最北端のラーメン屋かもしれない。ちゃんと厨房があり灯がつけられているから誰か仕事をしているんだろうなあ。海峡ラーメンというのがある。北風のなかを歩いてきたから、もうどんなラーメンでもいい。客はほかにいないので頼んだものはすぐに出てくるんだろうなあ。みんな一所懸命に働いているんだ。

メンマが載せられている。三本ある。端のほうにナルトがあった。りっぱで我慢強いラーメンだ。おつゆが熱い。こんなシアワセなことはない。北国は波も鳥もラーメンもみんな感動的だなあ」

「ここの前の道は午後になると道路の氷がつるんこつるんこになってバスも走らなくなるよ。あんたはどうやってここまで来たね」

店の親父(おやじ)は心配してくれた。

レンタカーであることを告げると、午後になって道路閉鎖になると本当にいくところがなくなるよ。いざとなったらクルマの中で寝ることもできるがガソリン切れたらそのまま凍死だからな。

北は午後になると「はい、本日、おしまい」といったようにあたりの空気はいっそう冷え、風は牙風になる。風景はどんどん力を失っていくように暗くなっていき、海鳥たちは群れをつくって上空に飛んでいく。

人は恋に破れるとみんな北へいくことになっている。南洋航路に乗って明るくのんびりしたハワイアンなどに身を浸して元気になるんだ、というような歌をあまりきかない。

——なぜそうなのだろう、というのがこんどの北への旅の重要なサブテーマでもあった。

でも冬の北のはずれに来てしまうと峠を越えて見えてくる小さな港町にも、その周辺にも人の姿はない。

「ああ、また次の港があった。小さい港でやはり人の姿はまったくない。見たところ商人宿一軒ないようなこの小さな集落で恋に破れた人はどこへ行ったらいいのだろうか」

風吹き抜ける堤防の端に座って着てはもらえぬセーターを編むと剝き出しの指はすぐに凍傷になってしまいそうだ。

港で一人編み物をしている女の人をあきらめてそこから一番近い盛り場に行ったら寄り合いビルに花畑のようにぎんぎらの甘ったるいスナックやバーの名前が並んでいた。

「ここは恋に破れた男を待ち構えているところのようだなあ。ハナシが違うなあ。感動できるかなあ。でもあたたかそうだなあ」

立松さんの困惑は続く。

標高二万七〇〇〇メートルの山

火星には高さ二万七〇〇〇メートルのオリンポス山がある。富士山の七倍以上だから登るのはたいへん、と思ったが、空気がないのか雲はわかず水も極冠地帯以外はないので雪は降らず、したがって雪崩もないから、ただもうでかいだけで地球の山よりは登りやすいのではないか、とまたもやいいかげんなことを考えていた。でも地平全部、麓の段階から空気はないので人力で登るばあいは空気の補給がたいへんだろうなあ、ということはわかる。

エベレストなどのようにポーターの人海戦術が考えられるが、ポーターにも空気が必要なので圧縮空気ボンベの数だけでもたいへんだ。登山者が麓から一人で空気を送るホースをひきずっていく、という方法もあるだろうが二万七〇〇〇メートルの長さといったらホースそのものがすでにものすごい重さになるから、これとて途中に何人もホースを順送りにするヒトが必要だ。

ニンゲンは地球の殆どの高山を「そこに山があるからだ」などと言って登ってきてしまったから遠い未来「地球のほかにも山があるからだ」などと言って火星のその山などになんとかして登ろうとするヒトが出てくる可能性がある。でも今のままの火星では苦労して頂上に立ってもたいした眺めじゃない筈だ。ただもう惑星全体赤くただれたような世界だろうからなあ。

ＮＡＳＡは宇宙開発の次のターゲットを火星にしているらしい。いろんな目的があってのことだろうけれど期待できるのは火星のテラフォーミングだ。

簡単にいうと「火星の地球化」。

火星をいろいろ変えていって地球みたいにすることである。映画などでは最終的には人口過剰になって地球からのはみだし者（文字どおり）をほかの惑星へ追い出す。火星産の希少鉱物を探して産業化する。むかしの植民地への移送とさして変わらない設定が多い。

テラフォーミングは、まず空気で火星の表面を覆い、野山に緑の植物を生やし、水分を発生させて川や海や森林をつくり、地球のように水を自然循環させる。

そこまで火星を活性化させればあとは火星の自然が勝手にどんどんそういう「地球化」への改変のリズムをつくっていく、と未来科学者はいろんな本で語っている。

いちばんはじめに空気を発生させるには、大地に「藻」あるいは「苔（こけ）」のようなものを生成させるコトらしい。

これらの発生に必要なのは水分と太陽。

地球よりひとまわり小さい火星なら「ジュニア地球」の育成だ。地球の箱庭づくりという感覚でいけるんじゃないだろうか。とはいえ、こういうでっかいスーパーサイエンスへの挑戦には数百年の時間が必要だろう。

『火星年代記』という小説があるが、火星に地球を上まわる歴史があるか、その前段階か。状況によってずいぶん地球人の火星開発も変わってくる。現実的にはとりあえずNASAが月へ着陸したように、もっと大きなミッションでまず火星へ初上陸（というか正確にはロケットだから初降下）するところからハナシははじまる。

それは「偵察」のような役割になるだろう。地球―火星間の距離も月のときとはずいぶん違うし、規模も大きい。月という単なる地球の衛星とはちがって太陽系の別軌道を回る遠いオトナリだから火星の軌道に乗ることひとつ考えてもどうなるのだろうか。そうして偵察ミッションがすんだあと、テラフォーミングの第一段階には沢山の人員と装置、機材が必要になるだろうが、その頃でも地球からそんな大規模なものを打ち上げることはできないだろう。

ここで今、急速に開発の進んでいる宇宙エレベーターがいい役割をはたしそうだ。多くの人は宇宙エレベーターときくと、今のエレベーターが頭に浮かびマンガのように思うのだろうが、実際にはロケットに代わり、将来抜群の低コストで宇宙に物資を送る装置になりそうだ。

太陽系の惑星をつなぐ将来の巨大宇宙船の建造は、地球の重力に影響されないこの宇宙エレベーターで運ばれた先の真空無重力の宇宙基地で組み立てられ、そこからまず火星への移住ミッションがはかられるだろう。

宇宙開発事業のプログラムを読んでいくとまずは火星のテラフォーミングの基地建設がすすみ、初期の開拓団は犯罪者集団になる、という予測が多い。相当数の男女チームになるだろう。そしてその最初のミッションで生まれた子が「火星人」第一号だ。けれど、最初の火星開拓移住団は強い意志とつらい体験を強いられる筈だ。ぼくのような閉所恐怖症者は三日で発狂するだろうが、各種火星探索ミッションを読んでいくと人類はそんな初期の試練などずんずん乗り越えていく筈だ。

太陽系はガス惑星が多いので火星以外の岩石惑星は規模が小さく開拓するだけの鉱物資源は少なそうだから、一千年ぐらい先に近隣の銀河惑星への開拓ミッションが行われるのだろう。もうそうなると『スター・ウォーズ』などよりも未来の世界の話になりますな。

アインシュタインの特殊相対性理論の壁があるかぎり開拓団として送られる罪人は二度と地球にかえってくることができない。

どっちにしても地球外の星の開拓は命がけだ。そこから奇跡的に脱出して地球に戻ってきたのは人間ではなく映画『ブレードランナー』のレプリカントだった。かれら労働用のロボットは寿命が四〜五年と短い。そういう運命の自分たちを作った人類に復讐するために戻ってきたのだ。原作はフィリップ・Ｋ・ディック。ＳＦ界の天才だ。

『ターミネーター2』は人間対機械の戦争が起きている近未来の地球から送り込まれた、のちに人間側のリーダーとなる男を守る「いいロボット」という設定だったけれど、単に地球で暴れまわるだけという印象があり、宇宙全体を考える映画としてのレベルは低い。

こんな話で いいのだろうか

目の中のユーレイ

昨年晩秋の頃に健康診断をうけたら視力がとんでもなく落ちていることがわかった。

専門医のところへ行って精密検査すると片方の目はすでに白内障になっていて、写真に目の中のユーレイのようにその白い半月形のものが映っている。はじめて見たが、そんなものが自分の目の中で育っていると思うとじつに嫌なものですなあ。

同時に、左右の目の眼圧が高くなっているという診断。要注意の指摘をうけた。値が二〇を超えると緑内障への危険も増すらしい。

毎日長い時間、目を酷使する仕事をしているからもともとそういうリスクがあったのだろうけれど、緑内障方向にいくと最終的には失明も覚悟せよ、とよく言われている。

「とにかく眼圧を下げましょう」

医師は言った。それには一日一回、そういう効き目のある「目薬」をさすだけでいいという。同時に白内障の進行を抑える「目薬」も毎日一回。

思いがけない展開になったので暗い気持ちで帰宅した。タクシーの中から冬の日差しを直視する。位置は低いが太陽の光はけっこう強い。

この直射日光もガードしたほうがいいようだ。日常的にサングラスをかけねば。これまで砂漠だとか南米奥地のアマゾンとかオーストラリアの海域二〇〇〇キロのダイビング北上旅などなど、体力を過信してよくまあ世界のとんでもないところにすっとんでいったが、そういうあらっぽい旅のツケがこんなかたちできたのかなあ、などということをぼんやり考えていた。

体（本体というのかね）のほうは人間ドックで毎年検査しているが命にからむ問題にはまだ至らずにいるのでありがたい、と思っていたがなんと「目」にきていたのか。

通りすぎていく、なんでもない都会の街の風景、空の雲、歩いている人々などが、もしもだんだん見えなくなっていったら辛（つら）いだろうなあ、という不安が、場合によっては現実的になっているのだ。

その日のうちから二種類の目薬を、医師に言われたように夜寝る前に必ず一滴落とすことにした。目薬は慣れていないので最初の頃はマトを外すことがよくあり、ああもったいない、とそのハズレの一滴をすくいとってなんとかしたい、と思う。しかしいったん顔の上の（たぶん）汚れきった皮膚の上を流れたものを目に戻すのはよくない、というのはシロウトにもわかる。かといって舐めてしまっても体にかえってよくないだろう。
慣れてくれば簡単だが、とにかく最初の十日ぐらいはえらく神経をつかった。

こういう状態になるとわかるのは、モノカキという仕事は実によく目をつかうものだなあ、という再認識だった。

何かを書くのでもいろんな本の調べものがけっこうある。連載小説などは、これまで書いてきたハナシの確認のためバックナンバーを読み返す必要がある。

機械で原稿を書く仕事でも例のブルーライトをガードする必要がある。このさいむかしのように手書きに戻ろうかとも思ったが、機械で原稿を書いているうちになんでもない漢字を加速度的に忘れているから、こんどは辞書のこまかい文字をひかねばならない。そうなると書き上がる時間の見当がつかなくなってくる。

思い惑うことがいっぱい出てきた。

寝るときに毎日必ず趣味として本を読んでいる。今ぐらいの老後に、と思ってだいぶ前に買い揃えておいた岩波書店の『大航海時代叢書』（全三十七巻）という巨大な本の全集がやがてのタカラモノ本として本棚に輝いている。三十巻読むのに二年ぐらいかかりそうだが、そのあと同じ岩波の『17・18世紀大旅行記叢書』が全二十一巻ある。

もしもこれが読めなくなったらどうすんだ。焦燥と不安。見たい映画のＤＶＤコレク

あの老人は
ヘラ…

ションも六百枚ほどある。テレビのディスプレイも目にはよくない筈だ。

それらと関係なしにぼくはもう長いこと不眠症に悩まされている。これはモノカキのなかにかなり多いと聞いた。我々の仕事は夜遅くまで原稿を書いている。ぼくのようなアホタレ文でも少しは考えながら書いているから、おわったあとに体の疲労とは別に脳の中がバクハツしたみたいに高速回転している。疲れた、といってすぐに寝られない体になってしまっているのだ。

こちらのほうも定期的に精神科に通い医師の診断をうけ薬をもらってくる。今度はそこに眼科が加わってしまった。

今年七十三歳になるじいさんだから、若いときはまったく無縁と思っていた病院通いがいよいよ我が身にもやってきたのだ。

この本のタイトル「われは歌えどもやぶれかぶれ」は室生犀星が七十二歳のときに書いた小説のタイトルをそのまま拝借している。その小説の内容はぼくが高校生の頃に読んでよく理解できなかったものだ。

なぜならその小説は小便が出ない、といって苦しみぼやき、やぶれかぶれに思考混乱苦悩する内容だった。今なら犀星が前立腺をわずらっていたからだ、ということがわかる。ぼくはさいわいそっちのほうは大丈夫だが、小便をしたくても出てこないのはさぞかし辛いだろうなあ、というのはわかる。

そんなことを思いだしながら夜は目薬をさし、原稿仕事のあとのスパイラル化した脳のために睡眠薬を飲む。

いつのまにか「われも歌えどもやぶれかぶれ」に近い状態になってきたのだ。

でもつい数日前、ひとつだけ朗報があった。三カ月検診で精密検査を受けたら眼圧値が、右＝二一から一四に。左＝二五から一五に下がっていたのだった。

「三カ月で一〇ポイント下がっているというのは驚きですね」。医師の診断がこころ強い。

さらに白内障が溶解するように半分がた薄れていた。目の中のユーレイはこのまま退散していくのだろうか。

沢野絵のナゾ

この本の挿絵を描いている沢野ひとし君は同じ高校の同級生だった。どこかから転校してきて一年でまたどこかへ転校していったけれど、同じ教室で席も近かったし、双方オチコボレだったので互いに成績の悪さを競いあい、よく一緒に学校をさぼった。ぼくも沢野も兄弟が多く、双方ともに兄や姉が優秀で、自分たちは劣等生、ということも関係していたのか互いにケーベツしあいながらよく遊びにいった。遊びといっても今と時代が違うから授業中に盛り場などに行くことはなくもっぱら山登りなんかに行っていたのだった。

彼の兄が岩登りをやっていたのでおれたちもやろう、といって基礎的な技術も知識もないのにロッククライミングの道具をもちだしいきなり垂直に近い岩に挑み、五メートルぐらい登ったところで二人で同時にズリズリ落ち、軽い怪我(けが)をした。悲しく山を下りていく途中で夏みかんがたくさんなっていたので二〜三個かっぱらって途中の峠で食い、二人で山の悪口をさんざんいいあった。要するに我々は二人とも本気のバカなのである。教室にいても双方、授業はまともに聞いておらず沢野は教科書に落書きを、ぼくは文芸雑誌などを読んでいた。勿論（もちろん）授業中にである。

何度か書いたがこの本のタイトルである「われは歌えどもやぶれかぶれ」というのはその頃ぼくが隠れ読んでいた『文學界』だか『新潮』だかのいわゆる純文学誌に載っていた室生犀星の短編小説のタイトルをそのままいただいている。

沢野は教科書にセッセとオリジナルの挿絵を描いており、自分の教科書に描き尽くすとぼくの教科書を「貸してくれ」といってそこにも不思議な幼稚園生のような絵を描いていた。やかんとかユタンポとか長靴など脈絡なかった。そこにかならず「やかんちゃん」とか「ユタンポちゃん」とか「ながぐつちゃん」などと説明をつけていた。高校生というよりは幼稚園の年長さんみたいな絵だった。

今回なんでこんな楽屋話みたいな話を書き出したかというと、彼はいまどこかの外国に行っており、締め切りの関係でぼくの文章を待っていられず、文章とはまったく関係なしの絵を描いて日本を発（た）ってしまったからである。イラストが先にできあがっていて、それにあわせて何か文を書いてくれよ、と奴（やつ）は言っているのだ。世間的には通用しない話だが、ぼくの文章に沢野がイラストをつけている歴史は古い。まずさっき書いたように高校の国語、歴史などの教科書に沢野は異様なる絵を描いていた。このときからもう彼とのコンビははじまっていたのだ。大学では彼は児童文学に傾倒し、小さなガリ版雑誌を創刊したがその巻頭ページに「シーナ何か童話書けよ」といい、『なつのしっぽ』というのをぼくは書いた。もちろん挿絵は沢野だがやがてそれがメジャーに認められて二人によるカキオロシの絵本として大手出版社から発売された。

同じころにぼくがいきなりこういうヨタレ文章の「モノカキ」として世の中に出てきたのだが、編集者に頼まれた連載エッセイで挿絵に誰か組みたいヒトいますか？などと聞かれおよび腰ながら沢野の名をあげた。互いにまだ無名の頃で雑誌は『ブルータス』だった。イキオイのある時代だった。そこのイラストに沢野を推薦したら、あまりにも幼稚ながら異次元的にヘンテコなので編集者に認められ、彼は会社をやめてじわじわとイラストレーターを専業にして独立していったのだ。

だからその後、ぼくの書いてきたものの多くは彼のイラストだった。あるとき『朝日新聞』から日刊の連載小説を依頼された。ぼくもまだ三十代でイキオイがあり挿絵を沢野にたのんで一年間一度もやすまず長編小説を書いた。同じ時期に『週刊文春』から二ページコラムの連載依頼があり、沢野と相談して引き受け、それは二十五年ぐらい続いたように思う。

いまでも何かというと彼と組むことが多い。教科書なんかにもぼくはいま小、中学生むけに三編ほど書いているが挿絵はみんな沢野だ。

そうしてハナシはさっき書いた、イラストが先にできていてぼくが文を書く、という話になる。

モノカキが挿絵に主導権を握られて文章を書く、というのは絵本なんかではあるらしいけれど週刊誌エッセイではめずらしいだろう。まあ考えてみれば高校生の頃からぼくの専属イラストレーターをやってくれていたのだから、彼の描いている絵の意味はなんとなくわかる、というのはまったくの嘘で、まずは何の考えもなく気分で描いた絵が九コマになっている。こういうめちゃくちゃな絵に慣れているから今回は「沢野画伯の絵の解釈と鑑賞」というテーマでいくことにしたのである。

まず一番左の上の絵は彼がけっこう好んでいるお寺の「喝！」というやつで、ただそれだけの絵なのだ。ここにはないが虚無僧というものも彼は好きで行き詰まると虚無僧がプォーンなどと尺八を吹きながら出てくる。かといってやはり意味はないのだ。時計まわりに次は、電車の中で新聞を大きく開いて読んでいる。全体の絵に対して「正しいものに○を付けなさい」と書いてあるからここには○をつけないほうがいいだろう。

その隣はいつの頃からか虚無僧みたいに彼が好んで描くようになった未来の一人乗り

用ヘリコプター。○をつけていいかどうか難しいところだ。その下はもっと難しくて解釈不能。だから×でいいのだろう。太陽に背中をむけて布団叩きで布団を叩いている親父はどうするか。ぼくは無視するしかない、と長年の経緯でそう考えている。

その隣の「てんぷらラーメン」も×でいいでしょうなあ。「家系」なんて書いてある。あいつけっこう知ってるんだ。その隣の男は電線に何か金属の線を投げて自分が感電しているかあるいは両足をアースにしているところか。その上のお腹にトックリ二本（いや、これはネコか?）。ともに解釈が難しい。中央のボートで魚を釣っている絵は、あそうなんだろうなあ、と対応するしかない。

正しいものに○を付けなさい。
家系
てんぷらラーメン

味噌汁にタマゴをぽっとん

いよいよ春だ。

ぼくは仕事の関係で夜、寝る時間が一定していない。午前三時ぐらいにやっと布団に入ることもある。話がうまく書けている場合はもっと起きて、さらに書き続け、力つきるまで書いていて、フと気がついたら死んでいた。じゃなくて原稿執筆中に気を失って机のはしっこのほうにひっかかっていたりする。なんかゴミみたいだがまさしく気分はゴミだ。その日のエネルギーを使いはたしているのが自分でもわかる。

で、かたわらのソファにずりずり移動し気絶するように眠り、そして起きる。いや起こされる。午前中の宅配便とか朝から元気のいい電話などによって強引に起こされるのは辛いですな。まして春の眠りだ。ほかの季節と意味が違うのですよ。しかも疲れている場合が多い。トシをとってくると短い眠りでは疲れがとれていないな、という自覚と自信がある。

妻は午前十時頃には買い物に出掛けていることが多い。キッチンテーブルの上にメモがあり、朝食の支度がしてあり、おかずの一部は冷蔵庫にありますヨ、などと書いてある。

我が家は電気炊飯器というものを使ったことがなく、ぼく用に朝食は小さな釜で一合ほど炊き、まあ半分ぐらいしか食べられない。残った一膳ぐらいの分量をラップして冷凍してある。九十秒のチンであつあつほかほかのごはんが蘇る。小さな鍋に入っている味噌汁はガスをつければいい。考えればいつのまにか便利な時代になったものである。むかし……といってもぼくが小学生の頃に十時なんて半端な時間に起きたらいろいろたいへんだったでしょうなあ。

まず、生活が貧しいから朝飯のおかずなんて漬物とか夕べのおかずの残りとか梅干しといった程度でごはんはおひつのなかで当然冷えている。味噌汁は鍋のなかでやっぱり冷えている。電子レンジというものの発明は家庭の食卓にカクメイをもたらしたといっていいような気がする。ぼくが小学校の頃にガスがあったかどうか。なかったような気がする。すると七輪に炭をおこし、その上に鍋をのせて味噌汁をあたためねばならない。一人分の朝飯を用意するのに二、三十分はかかる。

そんなことをしなくてもいまは三分ぐらいで小さな鍋の味噌汁なんてふつふつ熱くな

っている。そうだった。そのことを言いたかったのですよ。

ぼくは十時に起きたりしたときは九十秒チンのあつあつごはんと三分で沸騰寸前の味噌汁だけあればいい。冷蔵庫から生タマゴをとりだし味噌汁のなかに落とす。このときの幸せ感といったらないですな。

前日の残りの味噌汁の具はとりあえずなんでもいい。アブラゲとワカメなんていいすな。ジャガイモに何かの青菜でも文句ひとつありません。里芋のやわらかいのに葱なんていうコンビも歓迎します。ニンジンにしいたけというのも面白そうですな。豚汁大歓迎。どうぞ奥の間にご案内。いや奥の間なんかにもっていっちゃこぼすのがせいぜいだからそっちはいけません。

問題は味噌汁のなかに落としたタマゴにどのくらい火を通すか、という事なんでありませす。あまり早くガスの火をとめてしまうとタマゴはまだまとまり意識に欠けていて全体にだらしないクラゲ状態で「どうしてくれるんだ。こんな中途半端な状態にして」と怒っています。言うことをきかないとだらしないままでいて「どうだい。これじゃどこをどうオタマですくうかポイントがつかめなくて困るだろう。こっちは責任はとらないよ」などというフテクサレ態度だ。

その逆になにかに気をとられて火を通しすぎると味噌汁のなかのユデタマゴみたいな

状態になってしまって面白くもなんともない。

「こんなふうにするんなら味噌汁のなかなんかじゃなくてフツーのお湯でよかったのよ。ああ。フツーのあつあつのお湯のなかで固くひきしまったまとまりのあるユデタマゴになりたかったなあ。どうすんのよ。こんなカラダにしちゃって責任とってよ。返してよ！　わたしの青春」なんてひねくれたりする。

ほどよく黄身のあたりが三割程度の「ぐじゃ」、白身とてまだ全体にやわらかく「いつどこから箸でつついてもほじってもいいのよ、もう何してもいいのよ」なんていう状態になっていればこの作戦は成功です。

妻はぼくの好きな「ワサビ漬け」とか「ヒジキと小さく切ったニンジンやアブラゲを煮たやつ」、それに「パリパリ海苔（のり）」などという朝飯おかず小皿群を用意してくれているけれど、それでもあつあつタマゴ入り味噌汁が主役になりますな。

しかし、これはまあ味噌汁のなかに入れたタマゴのぐじゃ具合がうまくいった場合、ということになります。

味噌汁のなかで不本意にユデタマゴにされてしまいゴネている場合でもまだなんとかなります。

「だいじょうぶ。ユデタマゴみたいに全体が固まってしまったけれど、それはそれで十分魅力的な存在なんですよ。あの七割ぐじゃぐじゃのタマゴにくらべて白身のお肌のすべすべ感といったら比べものになりません。タンパク質たっぷり。若さの証拠です（と言いつつ七割ぐじゃのタマゴだってまだタマゴなんだから互いに同じぐらい若いわけだけどそれはまあ）」

「しかもこのぷりぷりしたお肌の内側に丸くしっかり固まった黄身があるわけです。そこにいたるまで箸で白身を脱がしていくときの相手の気持ちというものを察してごらんなさい。まわりを囲むあの茶色い地味な味噌汁どももびっくり。一秒でも早くその美しい白い肌と内側のひきしまった丸い黄身に触れたいと、もう鍋のなかは大騒ぎ！」

なんていったい誰がそんなコト言ってるんだ。

森のなかのワンタンメン

せんだっての週末、日ごろの遊び仲間七人で那須温泉郷に行った。ある出版社の保養所に泊まるのだ。そこの社員にくっついていけば世間の相場よりかなり安く宿泊できる。毎年、この早春に行って一～二泊合宿するのが恒例になってしまった。親父ばかりのガサツな温泉旅だがまあみんなでガハガハいっての酒盛りはとにかく楽しい。

昨年はまだ雪が残っていた。この温泉郷は全体に温度がぬるいそうで、通常より長めに入ってよく拭かないとあとが寒い。でもそれだけ湯のなかでのんびりできるのだから何よりの休養だ。

朝と夜は宿で食事がでるが昼は外に食べに行かなければならない。

まだ枯れた林がいっぱいにひろがっていて、ところどころに食事のできる店がある。日本料理屋からレストランまで建物や看板文字にいたるまでみんな気取っていて国籍不明なのがなんだかおかしい。そんな店に入ってわけのわからないものを食うのは嫌だから普通の田舎のラーメンぐらいでいい。それも「五十番」とか「来々軒」なんていうノレンのかかっている店でいいのだがそういう気楽そうな店はいっさい見当たらないのだ。

「お休み処」などと書いてある建物がなぜかラーメン屋に見えたのだが、クルマで接近していくと公衆便所なのであった。

便所のくせにそんなに気取るなよおめえ。そうなのか。便所はお休み処だったのか。そんなところでゆっくり休まれてはあとの人が困るじゃないか。

仲間の若い奴が例の「スマホ」を駆使して調べていたら「大勝軒」というのがあった。そこで食った人の感想もいいみたいだ。じゃそれでいいな、とカーナビの案内どおり行ったら「本日休業」であった。むむむ。しかし東京で人気の同じ名前の店の系列ではないようだった。都内でも名門「大勝軒」の名をかたった偽大勝軒がこのごろ増えているという。

さらにスマホで探索していくと「麺亭コバ」という変わった店名の中華料理店が見つかった。道路筋ではなく森の中に入っていくようだ。大丈夫かな、こんな奥地にラーメン屋があるのだろうか？　といぶかしがる頃、ちゃんと目当ての店が見つかった。

そんなに気取ってなくてセンスのいい店構え。「五十番」路線とはだいぶちがう。しかし、そこも「午後休憩」の看板が出ていた。でも仲間の一人が交渉するとあっけなく中に入れてくれた。店の中も中華料理店には見えないくらい上品に洗練され清潔なしつらえで、ぼくはかえってやや用心した。

午後二時をすぎているのでけっこう空腹だ。

そしてこういう観光地の中華料理店のラーメンはやっぱり気取っていて量なんかも少ないのだろう。という長年体験し蓄積された用心というものがある。

「ワンタンメン」という文字がメニューの中から飛び出して見えた。麻雀(マージャン)の「メンタンピン」みたいでゴロがいい（わかるヒトはわかりますね）。ぼくはこいつが好きなのだが、たいていの店はワンタンメンといいながらギョウザみたいなワンタンが入っていてワンタン独特の雲呑(くものみ)感というものがない。まあ一期一会だからそんなのが出てきても我慢するか。そうしてこういう観光地は中身の量がお上品にやたら少なかったりする。

そこで用心のために大盛りを注文した。

「ワンタンメン大盛り！」

きっぱり男らしいではないか。

かなり早々と各自の注文したものが出てきた。

そうしてぼくの前に置かれた「大盛り」にびっくりした。ドンブリが陶器製で洗面器みたいにでかいのだ。中にはぎっしり麺とワンタンが入っていて「どうだまいったか」と言っている。見た目にもワンタンの皮が思いがけなく薄くはかない。こんなに正しいワンタンにはワンタンメン日本一の山形県の酒田ぐらいでしか出会ったことがない。まず作法にのっとってスープからいく。

「おっ！」

あっさりとした醤油味の奥にダシが利いていてスープひとのみで「これはイケル」とわかった。しかも麺は細く、これもぼくの好みである。ワンタンメンはワンタンと麺が適当にあちこちでからみあっていなければいけないのだ！

その麺をずるずるやると、これもなかなかのものだ。ただしぼくの頼んだ大盛りはドンブリの中で顔を洗えるくらい大きい中にたっぷり入っているから、ワンタンメン好きとしてはとりあえず安心するのだが、本当に麺もワンタンもたっぷりでいくら食べてもあとからあとから新たな麺とワンタンがドンブリの底のほうからわきあがって増殖している。でもスープはどこまでもおいしいし、正直言ってびっくりした。だって森の中のワンタンメンですよ。

一緒に入った仲間は味噌ラーメン、チャーシュー麺、モヤシラーメンなどの中盛りを頼んでいた。どれもおいしいらしい。

ぼくは半分ぐらいでギブアップだった。あとで聞いてわかったのだが中盛りがいわゆる大盛り。大盛りは二人前の分量であるという。どうりでなかなか減らないわけだ。半分残してしまった。それはいち早く自分のをたいらげてしまった若いのにあげた。

厨房にいる料理人はその店の主人らしく、フロアにいる女性は奥さんのようだった。両人ともそれとわかる都会的センスに満ちているので名のある料理人夫婦がこの森の中でひっそりと、しかし本当にうまいものを作るヨソからの移住派ではないかと思ったが、とくには聞かなかった。そのかわり、帰りにまたその店に寄っていくことにした。

学習したのでぼくは普通盛りにし、今度はいっきに勝負にでた。おいしいワンタンメンは酒田まで行かないと食えないのだろうなあ、と思っていたが那須高原の森の中でも十分イケルのだ。わが本拠地、新宿からは遠いけれど酒田よりは近い。

「小」の研究

腹のたつニュースばかり目にするけれど、毎年くりかえし問題になる「天下り」というやつ。つくづく腹たちますなあ。でもニュースになってヒトの耳目に触れるのはごく一部で、世の中、季節になるといたるところであの小ずるいたくらみが密かにおこなわれているような気がする。

だいたい語感からしてズルイ。羽衣が天から下りてくるんじゃないんだからもっとあからさまに実態を表現してもらいたい。新聞もテレビも「天下り」なんていう、庶民を見下したような言葉をいっさい使わなければいいのだ。

アレは主に役人が現役時代に民間企業なんかにいろいろ世話だの便宜だのをはかってやって、見返りに定年退職後、そこにもぐり込んでいくわけでしょう。迎える民間企業などは役人の現役時代の人脈や「裏技」などを期待して双方の利益がつながる。互いに「おぬしも悪よのう」の世界なんだもんな。

役人の小ずるい奴が、仲介者に頼み込んで退職後に密かにもぐり込むわけだから「天下り」なんてとんでもない。卑屈に「股くぐり」なんていうほうが相応(ふさわ)しい。

それも「小」股くぐりなんてやつでもっとセコイの。

相撲に「小股すくい」という技があるけれど、隙をついて相手の踏み込んだ足（自分に近いほう）の内側を片手ではねあげて押し倒す技。この技に関連してか「小股をとる」ということわざがあり、意味は「人のゆだんに乗じて勝つこと」とある。

同じ「小股」でも「小股の切れ上がった」という表現はどういうことをいうのだろうか。『決まり文句語源辞典』には「すらりとして粋な女性の姿の形容」とある。

じゃあ小股はどこにあるのか。

語源は西鶴(さいかく)の『本朝二十不孝(ほんちようにじゆうふこう)』に「すまた切れあがりて」という表現があり、これをもとに安永(あんえい)年間に流行したらしい。

解説に「小股は下腹部の左右を上に走る二つの鼠蹊部(そけいぶ)」とあるがそれだけじゃどうもわかりにくい。

「小股の切れ上がる」という表現は、男をよく知った女、芸妓(げいぎ)などのとりつくろわない姿をいい、上流の婦人や良家の令嬢などにはいわれない、という説明があるがどうもまだピンとこないですな。でも基本的に色っぽい世界の言葉だなというのはわかる。

　例外はこの「切れ上がった小股」ぐらいのもので、一般的に「小」がつく言葉はみんなどこか卑屈なところがあってなさけない。

「小才がきく」なんてのはわりあい、いい部類でちょっとだけヒトにさきんじてなにかできることをいうようだ。「小利口」というい いかたもある。「小理屈」をこねる奴、というのもいてだんだんこういう面倒くさいのが集まってきて「小馬鹿にする」というところまできたらもうダメだ。「小洒落た」などというのもよく聞くけれど、どこか見下した気配があるしなあ。「小生意気な小僧」なんて「小」がダブルになっているけれど「小賢しい」現代ではそういう子がむしろ貴重になっているような気もする。

　小娘、という言い方もありますな。今は小僧も小娘も日常的には使われなくなってしまったようだ。「小しゃくな」なんていうのもすでに死語だろうか。

「小意地」という言葉もあった。「小意地が悪い」というような使い方もされる。そういうヒトはまだときどきいますな。

　役所の窓口なんかによくいるような気がする。うーむどうもこの「小」は役人がいろいろ関係してくる傾向がある。「小役人」なんてその最たるものではないか。

「小憎らしい小役人め」

などという表現は一般化して存在感がある。「小恥ずかしい」というのは現代ではあまり使われなくなった。「小突く」などという言葉もむかしの小説でときどき見るくらいだ。「小突く」に反応して小突き返され、またそれに報復していくと相互に「大突き」となり、つまりは喧嘩になる。

「小暗い」や「小暗がり」などは情感のあるいい言葉だけれど、現代人の生活にそういう表現にかなう場所がなくなってしまったから使われなくなっているような気がする。言葉の表現は時代の変化と一緒に生きているから消えていくこういうたくさんの言葉がもったいない。

まだ普通に使われているのは「小腹がすいた」というやつで、これは言葉を聞いただけで意味がすぐ通じる。この反対は「大腹がすいた」ということになるのだろうか。実際にはわざわざ「大」をつけずに使われていて少々もったいない。「大腹がすいた」は太った人が空腹を訴えるときの表現にしたらいいかもしれない。体を使った表現できれいなのに「小膝をうつ」というのがある。

そのとおり膝を軽くうつだけの動作をいうようだが、現代ではその言葉も動作もめったに見ることがないのはもったいない。「小首をかしげる」も語感としてなかなか可愛く具体的には「ちょっと首をかしげる」ということらしい。この動作はまだ残っているが、そうするほうも見ているほうもあまりはっきり意識していないようで残念だ。

「小鼻」というのは鼻の左右のふくらみのあたりをさすらしい。言葉としては「小鼻を動かす」などと使われ、その意味は「得意になっている様子」という。無意識にそういう動作をしている人はまだいるのだろうが、この言葉もいまはめったにいわれなくなっているようですな。

だったらはっきり「小鼻をふくらませる」という表現でいいような気がする。じっさい得意になって自慢話をしている人の鼻はふくらんでいるように見える。でも広辞苑では「不満そうな様子……」ともあって日本語はむずかしい。

「小耳にはさむ」はまだ使われている現役語で、意味は「ちらりと聞く」とある。音を耳にはさむ、という表現はなかなか洒落ていますな。その反対は「大耳に吸い込む」だが、これはいまぼくが思いついた言葉だから信用しないように。

消えていく少年時代のタカラモノ

ぼくが子供の頃はやっていたスケーターをいまはキックボードともいうらしく頻繁に見るようになった。むかしと違うのは、あれは子供が遊びで乗るものだ、と思っていたのだが、今は立派な（かどうかわからないが）大人が乗っているのをよく見かける。いいんだろうか、と思うのだが別に子供限定というわけではないのだからいいんでしょうなあ。

ぼくが子供の頃は、欲しくても親が買ってくれなかった。あんなもの幼児が遊ぶものです、というのが母親の厳とした拒否の意見だった。でもいまは大人がフツーの顔して町なかなんかですべっている。どうだどうだ！　と母親に言ってやりたいが母はもう二十年前にこの世を去ってしまった。その頃にはまだ町で大人がスケーターに乗っていなかったような気がする。

この一種の「転換」はどういうところからきているのだろうか。

考えられるのは、今と当時とでは道路事情が違っているからのような気がする。むかしの子供たちが遊んでいたのは「路地」が多かった。路地だけでなく「路地裏」だって子供のものだった。

いまとその頃とでは自動車の数が圧倒的に違う、ということも関係しているような気がする。むかしは路地や路地裏にまで今みたいにクルマが入ってこなかった。

宅配便なんてのもなかったしなあ。路地に入ってくるのは郵便屋さんと新聞屋さんの自転車ぐらいだった。だから子供は安心してスケーターなんかやっていられたのだ。

今は路地の奥の奥のほうまでクルマが入ってくるから子供が走らせているスケーターなどけっこう危ない。自分がときおりクルマを運転するから、それを見るとつくづく危険と感じる。双方に危険なのだ。

スケーターより楽ちんそうなのはスケボーで、これこそいいあんちゃんが走らせている風景が多い。いいあんちゃんなのか悪いあんちゃんなのかこれもわかりませんけどね。

ぼくが今の時代に「あんちゃん」だったら、あれにのってスイスイ町なかを走ってみたい。ついでに夢果たせなかったスケーターもやってみたい。別に法律で年齢制限があるわけじゃないからやろうと思えば今やってもいい筈だ。うまく乗れるか、という別の問題もあるけれど。いいじいさんがスケーターやスケボーでスイスイじゃなくてヨタヨ夕やってきたらまわりの人は怖いだろうなあ。名物じいさんになるだろうナア。それでけっこううまくてスケボーで登り坂ターンなんかでパキッとやってしまう。パキッというのはスケボーが折れた音ではありませんよ。こっちの足のホネが折れた音。

話はすこし変わるけれど、ぼくが子供の頃に欲しかったものにもうひとつ、祭りのときのヤキソバがある。屋台のおじさんが作っていた。一人前五円だった。湯気があがってソースの焼けるいい匂いがした。いまは殆ど見なくなった経木を小さく切った上に載せられていた。ワリバシはついてこなかったような気がするから、あれを口の前に持ってきてじかにモグモグ食ってたんだろう。うまかったなあ。もっと食いたかったなあ。でもこづかいは十円ぐらいだったのでもう一杯食べるとスッカラカンになってしまうからじっと我慢した。

そのとき思ったのだ。大人になって自分で使えるお金をもっと持ってあの経木のヤキソバを十コぐらい続けざまに食ってしまうんだ。そういうカネモチの大人になるんだ。真剣にそう思っていた。

今ならそれができる。十コとはいわず五十コだって買うことができる。でもそんなに食いきれない。だからまわりにいるむかしの自分みたいな子にどんどんあげてしまう。でも用心する必要がある。

正しいおかあさんが、

「知らない人から食べ物なんてもらっちゃだめよ」

普段からそういうことを言っているから、せっかく買ってあげたのにみんなしり込みしてしまう可能性がある。夢のない時代になってしまった。

一コ五円の屋台のヤキソバさえ自由に買えなかったのだから、少年時代には夢のまた夢のような存在で、大人になったら絶対買うんだと思っていたものにもうひとつ自転車オートバイというものがあった。

オートバイではない。普通の自転車に五〇ccぐらいのエンジンを付けていて、それの駆動力でバタバタいいながら走った。免許証もヘルメットもいらなかったからペダルに足が届きさえすれば子供でも誰でも乗ることができた。アクセルがハンドルのところについていてブレーキはレバーのようになっていた。

今は五十台は無理としてもその気になれば五台ぐらい買えるようになったが、もうそういうのを売っていない世の中になってしまった。かわりに電動アシスト付きとかいうしゃらくさいものに代わってしまった。

少年の夢はどんどん破れていく。

もうひとつ欲しかったのは空気銃だった。休みの日などに知らないおじさんが空気銃を持って家の近くを歩いていた。腰に撃ち取ったスズメなんかを束にしてぶらさげていた。記憶の中のそのおじさんは足にゲートルをまいてトリウチボウをかぶっていたような気がする。ふと気になって広辞苑をひいてみると「鳥打帽」とあり、狩猟のときにかぶる、と書いてあった。あの頃は食料難でスズメなんかもヤキトリにして食っていたのだ。空気銃のおじさんがくるとぼくたちはよくそのあとをついていった。ハーメルンの笛吹きの行列みたいにだ。

遠くの電線の上にとまっているスズメを撃ってうまく命中し、落ちてくるとぼくたちは猟犬みたいに畑などを走り抜け、そのスズメをみつけておじさんに届ける役目をした。はやく見つけて持ってくるとおじさんに褒められた。あの空気銃は今なら買えるけれど警察への届け出とか時おりの警官訪問などがあるらしく買った理由なども聞かれるらしい。最後の夢も遠のいていていた。

本のサイズのおべんきょう

単行本と文庫本の区別がつかない人がけっこういるのに驚いたことがある。こういう仕事をしていると世の中の人はみんな両者の違いを普通にちゃんと理解しているのだろう、とつい思ってしまうのだがかなり以前からそういうわけでもないのに気がついた。

単行本はその名のとおり大きさはいくとおりもあるけれど、分け方の基本は最初に本になったもの。だから文庫サイズでも単行本というのもあるわけです。存在がサイズとはちがったところにあるのですね。

べつの言い方ですると、たとえば「旅」に例えると単行本は「一人旅」。文庫本は「団体旅行」みたいなもんかなあ。ただし団体というのは常にいろんなヒトがいて、一躍人気者になるタイプ、どこか印象が薄くておいていかれてヒガムもの、などいろいろで、全体による同一行動が難しい。

業界ではかつて単行本が出て三年たつと文庫本になる、という曖昧な基準があったけれどいまは様々です。単行本は出たけれど文庫にはならない本はザラにあるし、単行本を省略していきなり文庫から出場してくるのもいます。それぞれいろんな事情があるのでしょう。

文庫の利点は、単行本が絶版になってもひとつの出版社の文庫の棚（同じフォーマット＝デザインの文庫本がならんでいるでしょう）に組み入れられてそこそこ余生を生きられることです。でも出版不況のいま、文庫になっても成績が悪かったりするとたちまち絶版になるケースが増えてきました。出版社によって、あるいはそのときの編集チーフなどの考え方が違うから待遇もマチマチです。

文庫よりも少し背が高くエラそうな存在のチームに「新書」というのがあります。かつては単行本から文庫の団体に入り込んでくるのとは別に、最初から単行本になってもよさそうなものがこの新書に入り込んでくるのが一般的で、原稿枚数も二百枚前後。新幹線で東京から大阪に行くまでに読めてしまえるもの、というイメージがあったけれど、同時に本の内容としていかにも「新書」だな、というのがあります。

ちなみにぼくが最初に出したのは新書でした。ある出版社がシリーズで出した「入門新書」というのがあって四百字詰め原稿用紙百枚のカキオロシでした。まだサラリーマンだった頃で、お正月休みに書いたのです。原稿料は買い取り（これも印税とかいろいろある）で四十万円でした。税金が引かれて三十六万円。もちろん会社には内緒でした。給料が三万～四万円の頃だったからこれは嬉しく、競馬に全部つぎ込んだ、といったらカッコいいけれど生まれたばかりの子供の名で銀座の信託銀行にそっくり預けました。だから新書には特別の思いがあります。むかし岩波新書を一冊書くと家が建つ、と言われた時代があったけれどぼくは五冊書いても家は建ちませんでした。

新書の親玉みたいな位置に「選書」というのがあり、いまはこのゾーンが特別席みたいな気がします。ぼくは新潮選書で数冊出してもらっているので単純に嬉しいです。選書は四六判のソフトカバーで原稿用紙三百～三百五十枚が普通のようです。

　四六判の話が出たついでにここで本のサイズの基本をお勉強していくと、すべての大元は紙のサイズにあります。

　国際的に「A判」「B判」「C判」とあるけれど日本ではたいてい「A」か「B」判なのでこんがらからないようにそのふたつにかぎって説明すると、まず大元の「A0判」は一一八九ミリ×八四一ミリ。「B0判」が一四五六ミリ×一〇三〇ミリの基本的紙サイズになります。

　それをどんどん折りたたんだもので最終サイズが決められていきます。A0判を五回折りたたんだものが「A5判」で、雑誌『文藝春秋』のサイズになります。

「B0判」を五回折りたたんだものが「B5判」で、週刊誌のサイズになります。ここでわかるように世の中の雑誌は「A5判」と「B5判」が圧倒的に多いということになります。

さきほどの文庫本は出版業界でいうところの「A6」サイズのものをいい、雑誌界に多い「A5」の半分。つまりは『文藝春秋』の半分の大きさです。文庫本はまあ、各出版社で単行本を出したあとに同じ作品をそのサイズで出していて、値段も安く、持ちやすく、売れるものはずっと長く棚に置かれるシアワセな老後があります。

我々の業界（出版、印刷、作家業など）では四六判という言い方がよく出ます。これはA判ともB判とも違う大元のサイズは一〇九一ミリ×七八八ミリで、これを折りたたんで最終的に一八八ミリ×一二七ミリにしたもので、文庫本より大きく読みやすい、とも言われています。

最近はやっていてぼくがけっこう好きなのは小B6（一七四ミリ×一一二ミリ）というサイズで四六判より少し小さく持ちやすい。サイズの話はややこしいのですね。

サイズ問題でここでちょっとヨコミチのお勉強をしておくとわたしたちに馴染み（なじ）の新聞はブランケット判といってその約半分のサイズをタブロイド判といいます。ブランケット判は日本の新聞の主流だけれど国際的にはタブロイド判のほうが主流です。

新刊が出た記念のサイン会などで色紙を出してくる人もよくいるがこの色紙というのを書くのが恥ずかしい。色紙は「仲良きことはいいですね」なんて書かないといけないから時間がかかるのです。いま、小学生と中学生の教科書にぼくの書いたものが出ているのでその関係だろうと思うのですが小・中学生が緊張した顔でサイン会の列に並んでいるのは嬉しいですね。いつだか幼児といっていいくらいの子が『ドラえもん』の本を出してきたときはちょっと迷ったけれど裏のごく隅っこにひらがなでぼくの名前を書きました。まあいろいろありますね。

昔は売れた
A6
ハァーーン
B6
本に夢があった
企画が甘い
助けてくれ
四・六
三五判
これでドウダ
B5
A5
菊判
広告がひどい。
おじさんスマホよ
小B6判です
先週書店がまた消えた。
AB
オーッまだ生きていたか。

魅力的な限界集落「信級」

妻が親しくしている山里の人々がいて彼女は季節ごとに訪ねている。そこでいろんな村人と出会い、いつも面白いみやげ話を持って帰ってくる。東京の桜が殆ど散ってしまった頃、ぼくもついていくことにした。

長野県の北西部に位置する信級（のぶしな）という標高約五〇〇メートルぐらいに位置する寒村だ。大正九年の千三百六人をピークに高齢化と離村者のため、今は約百二十人の限界集落となっている。コンビニも自動販売機もないけれど、土蔵を改造したおしゃれなブティックが一軒だけあるという謎の山里でもある。

村まで行くバスは一日に一～二便と聞いたから久しぶりにピックアップトラックをひっぱりだし妻を乗せた。まだ雪が残っている可能性もあるのでスタッドレスの四駆でないと、という話だった。

途中上田（うえだ）市に住んでいる弟の家族が家を新築したのでそこに寄り、妻がいろいろ世話になっている長野市のブックカフェ「まいまい堂」に寄っていくことにした。ところが、上田はNHK大河ドラマの『真田丸（さなだまる）』で騒がれ、今は花見の真っ盛りで観光客がどっと来ていてあちこちで交通渋滞。これでは予定よりもだいぶ遅れてしまう、と焦った。

　信級方面に進むにつれてどんどん山道になっていく。

　近道というクネクネルートを進んでいたが、途中いきなり道路が頑丈に封鎖されていた。そこにある看板を見ると橋が落ちたらしい。そのためいくつかの道を大きく迂回（うかい）して行くしかないのだった。カーナビを見るとその通行止めがないかぎり目的地まで一時間ほどで行ける。目的地に着いてしまえばなんとかなるだろうという確信のない甘い方針で、ガソリンをマンタンにしておくのを怠っていた。知らない山中でガス欠になったらどうなるのだろう。

　今来た道を戻りながらクルマと出会うのに賭けた。でもすれ違うクルマも同じ方向に行くクルマも殆ど見ないのだ。

　漸く（ようや）やっとヒトのいる家を見つけた。泳ぐようにしてそのヒトのところに行って用件を伝える。その人はぼくのことを知っていた。「作家のかたでしょう」。顔を知られていると普段は気をつかって嫌だがこういうときというのはありがたい。

　親切な人で山を下る思いがけないルートを行ってガソリンスタンドまで連れていって

くれた。ふだん都会生活をしていると、こういうところが無防備になるんだな、と反省した。しかしそこから最終目的地までのルートがなかなかわからずあたりはもう薄暗くなってきている。

行き先にいる先方の人に電話で分岐点のポイントを聞き、さらに山のなかのクネクネ道を行く。人家もあかりもない山道だ。

長野市で寄っていくつもりだった「まいまい堂」の主人の村石保さんは「これは行方不明になるケースだ」と確信したらしい。途中のわかりやすいところまでやって来てくれた。その案内がなかったらたしかにその日のうちに行き着けなかったろう。

崖の多い山道は急カーブが多く、直進方向を向いているヘッドライトとわがクルマの前輪の向きが一致しないところも増えてきた。路肩スレスレがわからなかったら崖を崩してたちまち落下していくケースだ。どうやらそもそも我々は完全な裏道を行っていたのだ。

「のぶしなカンパニー」という、村の人が集いあう家の窓にともしび（たしかにそんなかんじ）と暖かい廃材ストーブが燃えている光景を見たときにどっと押し寄せてきた安堵と疲労感。八時間運転で足がガクガクだ。

村の人を四〜五時間待たせてしまったらしい。我々を途中で迎えてくれた「まいまい堂」の村石さんの奥さん純子さんが、この過疎村の知り合いや近ごろの「Iターン」でじわじわ増えてきている若夫婦などと一緒に廃材（村にいっぱいある）や捨てられた水道管とかいろんなモノを再利用して廃屋になっていた精米工場を利用してみんなが集まれる場所を作った。各自持ち寄ってきたものを食べて飲んでいろんな話をする。限界集落ではそういうささやかなことがまず大切なんだなということがよくわかった。我々はそういう一夜に参加したのである。

土間が大きく開いたままの吹きさらしの工場の中に風の入ってこない「ハウスインハウス」のようなものと立派な厨房（これも全部廃材を使っていた）の意匠に感心した。そこに長時間待ちぼうけをくわせてしまった村の人たちが山菜など殆ど地のもので作った手料理をどっさり用意していてくれた。

まずはみなさんと乾杯し、いろんな話をどっとする。炭焼きをしている関口さんやそれを手伝っているIターン組の浅野さん夫婦。畑を荒らす鹿や猪を捕獲している石坂さん。いろんな仕事をして逞しく生きている十四、五人の人々と会った。

話はみんな面白く、現代の「日本むかし噺」（ヘンな表現だが）をあれこれ聞いているような至福の時間だった。しかしひとつだけ事件がおきた。いやぼくが勝手に自分でおこしたのだ。

クルマに洗面道具をとりに行き、戻ってくるときに行きルートと違うところを歩いていたら一メートルぐらいの段差があり、それは夜目にもわかった。でも足元はおろか手の先も見えない漆黒の闇だ。

ぼくはその段差をエイヤっと飛び降りた。いきなり「ぐじゃっとした冷たい感触」があって両足が自由に動かない。突っ込んだ手も自由にならない。ぼくは泥イグアナ人間と化して、もがきながら這(は)ってじわじわ進んだ。まだ田植えをしていない田んぼの泥の中に飛び込んでしまったのだった。

悪戦苦闘の末、なんとか泥田から這い上がった。浅野青年が発見してくれて、彼の家の熱いシャワーで生き返った。とんだサバイバルの旅だったが村人みんなの人情にじんわり感激した。またあの村に行くんだ。

落石とエアバッグ

四月二十二日に埼玉県秩父（ちちぶ）の県道で十八歳の少年四人が乗った軽乗用車が道路のガードフェンスを破って一五メートル落下し、死傷者をだした、というニュースが二十四日の朝刊に写真入りで載っていた。

ぼくのところは二紙とっているがそのうちの一紙の見出しは「心霊スポットを見に…路上に石？」というやや思わせぶりなサブ見出しがあった。

事故の原因は路上の石にぶつかってエアバッグが作動し、前方が見えなくなって運転操作を誤ったかららしい。つまりは落石が原因という事だろうが、この記事、いろいろなことを考えさせられた。もう一紙のほうは落石でエアバッグが、という記述はあるが「心霊スポット」を見に行こうとした、という彼らの目的までは書いていなかった。

ぼくもむかしからよくクルマを運転していろんなところに行く。海や山へのキャンプ旅などが多いので泥まみれのテントなどなんでも荷台に乗せられる四駆のピックアップトラックを長いことつかっている。トラックだからタイヤが太くて大きい。四駆のローギアにするとたいがいの悪路をこなしてずんがずんがと進んでいける。

つい最近も長野県の八〇〇メートルぐらいの山を抜けるために山道をくねくね走ったが、麓はきれいに晴れていても山の上のほうの北側の道はけっこう雪が残っていたので焦った。方向転換する幅もなく、戻るには一キロぐらいの難しい後ろ向きの運転を強いられる。だから四駆をローにして慎重にそこを越えた。一歩一歩、という感じだった。それでもきわどいところで何度か横滑りした。

桜やその他の春の花が咲き、山里にも春がきた、と思えたがそんな風景に誘われて普通乗用車でその山にむかったら相当に危険だろうと肝を冷やした。

さらにその山はいちめんの杉におおわれているのだが、建築材料としては今はあまり優良商品にならないが、バイオマス発電のための伐採杉の需要があるとかで、道のいたるところに直径四〇センチぐらいのけっこう太くて長い杉の丸太が山になって積まれていて、その前を通過するのが次の恐怖だった。道路と並行に積まれている杉は一カ所で二十本ぐらいあるのだが、谷側に積まれている箇所はともかく、山側に積まれているところを通過するのはノロノロ行くか一気に行くか迷うところだった。積まれた杉丸太は本来は崩れるのを防ぐためにワイヤーで全体をおさえているか一番下に落下を防ぐための太い杭が打たれていなかったり、していないとその前を走っていく振動で杉丸太が何本もゴロゴロ転がってきたらこっちは簡単にクルマごと谷に転落するのは目に見えている。ああいうのはもし事故がおきた場合、誰が責任をとってくれるのだろうか。あまり知らない山道を行くものじゃない、という教訓を身をもって味わった、ということで大事な経験の蓄積にするのがせいぜいなんだろうか。

一般道路を走っていて山岳地帯とまでいかなくても「落石注意！」の警告看板はよく見る。仲間とそういうところを走りながらよく口にするのは「落石注意」と書かれていたってどう注意したらいいのか、というコトだ。どこから何時、ということの警告は何もないロシアンルーレット状態なわけだから、それを書くなら「落石覚悟！」としなければいけないのでないか。

それでも日本の道路事情はよその国にくらべるとよく管理されている。途上国などで夜走るのにいちばん注意しなければいけないのが陥没した道路や、冒頭の事故の原因になった落石直後に運悪くでくわすことだ。

日本の道路はなにか欠陥がでるとすぐに道路管理業務のクルマがやってきて、たとえば陥没した箇所などはわかりやすく立ち入り禁止、注意！　のガードがなされ赤ランプなどの点滅処置がほどこされる。

冒頭に記した落石落下直後の衝突は運が悪かったとしかいいようがないのだろう。ロシアンルーレットの犠牲者だ。

それからこのニュースで気になったのが、石にぶつかった衝撃でエアバッグが作動し、それで前方が見えなくなってガードレールを破って落下した、という経緯だ。

エアバッグは本来運転者や助手席に座っている人の激突を和らげる緩衝装置というふうに認識していたけれど、これではアベコベになってしまっているではないか。

そうか。どこかにぶつかったときは、これが瞬間的に膨らんで運転者を助けてくれるのか、といままで自分のトラックの運転席の前のエアバッグをよき味方と思って見ていたが、なるほどこれが大きく自分の前で膨らんでしまうと、どうやって運転していけばいいのかわからなくなるのかもしれないな、ということを改めて感じた。

新聞の見出しにある「心霊スポット」の件は、どう理解したらいいのだろう。そんなところに行こうとしてたからなにかの心霊に呼ばれたんだよ。と、この見出しはそれとなく言っているのだろうか。

そういえば深夜、知らない夜道を一人で運転しているときというのはそこそこ気持ちが不安定になるものだ。

ぼくはむかし、新潟から福島まで深夜に一人で峠越えをしたことがある。低気圧がきていて山のなかは全体が風雨に踊っているようだった。対向車も後ろからくるクルマもなくどこまでも荒れ狂う山奥の道を走っていくしかなかった。するとなにやら大きな文字の看板がライトに反射した。そこには「自殺がいっぱい！」と書いてあるようだった。ひええ。やっぱりこんな人里離れた山奥が自殺の名所になるのか、といささか頭熱く逆上しながら通り抜けたが、まてよ、と少し考えた。そんなことをわざわざ看板にするだろうか？　勇気をだしてクルマをバックさせ、もう一度その文字をよく見た。そこには「自然がいっぱい！」と書いてあった。おまえが一番不自然なんだバカヤロウ！　と思いましたね。

おっさんの無人島旅に感心した

ゴールデンウイークのさなかである。やるべき原稿仕事は全部すませてしまったので、さてどうしようか、というめったにない空白の日々に少々とまどっている。家人（ツマのことね。テキともいう）は何やかやと忙しくこのところ研究会とか討論の会などというものに出かけていて昼間はたいていいない。キッチンのテーブルの上に用意されている朝食を殆ど「ひるめし」の時間に食べて、それからまた呆然（ぼうぜん）とした。やはりやることがないのだ。出版業界というのはお正月とかゴールデンウイークは出版社と印刷屋さんの休みに合わせていろんな原稿締め切りをどんどん前倒しにしてくるのでモノカキは休み前に殆どの仕事をすませなければならず、ゴールデンウイークにどこかへ行くなんてことを考えていられない。

もっともこの時期、日本中いろんな人々で混雑しているだろうから旅など出たくはないが。

どう過ごすか少し考えた。もう十カ月ぐらい本と資料だらけにしていて乱雑のきわみとなり、もう少しでゴミ部屋と化しそうな書斎と寝室をついに片付けるときか、という建設的な考えが浮かんだ。

書庫と寝室を十カ月ほど放置していたのには理由がある。昨年の秋頃から三階にある書斎よりも床暖房の入っている二階の居間のほうが居ごこちがよくなりもっぱらそこで仕事し、リビングのベッドで寝ていた。移動距離がすくなくて楽なのだ。

で、殆ど台所の付属品のようになってネズミのように暮らしていたのだが、春になってやはり自分個人のちゃんとした寝室に戻るべきなんだろうなあ、と思った。口では言わぬが家人のほうもそういう顔をしていた。

しかし問題があった。散らばった推定二千冊ぐらいの本を片付けなければならない。気の遠くなるような量がだらしなく散らばっているのだ。

さらに今ならまだ普通に動けるが、あと数年もすると片付けたくても腰をかがめて本を持ち上げられなくなっているかもしれない。それを運ぼうにもスムーズに移動できなくなっている、ということも大いに考えられる。

そこでゴールデンウイークの初日からその整理整頓作業に入った。個人的な分類方法があるから誰かに手伝いを頼むというわけにもいかず孤立無援の労働だ。全体の三分の一ぐらいの本を捨てる、というのが目標であった。

ひとつのテーマで本を書くとその関連文献、資料などがたちまちダンボール一箱分ぐらいになる。十年ぐらい前までは、やがていつかこの資料を別の仕事で必要とするかもしれない、と考えて保存していた。その各種参考文献や原稿資料などをまず片付けることにした。しかしそういう仕事を実際にやると、やはり苦労して手に入れたこの本をここで捨てるともう二度と手に入らないかもしれないという引け腰が頻発して決心が鈍る。

でもそういう問題は年月が解決してくれる筈だと考えた。もうこれからの余生にまたこの問題にとりくむことはまずないだろう、という見当がつく。

最初のうちはそういうものをどんどん捨てていった。そう決めれば話は簡単だが、困るのはこういうブロックごとの廃棄の過程で未読の思いがけない本にしばしば遭遇することだった。

本棚の端に押し込まれていた本をパラパラやっていると「あれま?」というくらい面白い本に出会う。キミと別れるのはつらいなあ、などと言いつつソファにころがってパラパラやってしまう。

資料としてではなく面白そうだから、と買っておいてすっかり忘れていた完全な趣味本などだともうやめられない。

その一冊に『おっさんの孤立無援的紀行』（吉村宣夫＝文芸社）というのがあった。出版社からみてたぶん自費出版ものだろう。

二〇〇二年に出されているが、ここで孤立無援の旅に挑んでいるのが六十歳ほどのおっさんである。旅に出る動機は「ひとりになりたい」ということだった。最初は野宿しながら日本の山間部のルートを熊に怯えつつ歩いていたが、やがて無人島に目をつける。ぼくも若い頃から意味なく無人島が好きでいろんな島に行っていた。忘れていたが、その興味でこれを買っていたのだろう。

この本のおっさんは内陸の一人旅には慣れていたが無人島ははじめてだ。いろんな本を読んで持っていくものや備蓄食料などの研究をする。

最初に目指した瀬戸内海の無人島に上陸しテント設営。ここまではよかったが、なかなか「たった一人」になれないという想定外の事態に唖然とする。たえずまわりにフナムシが五万匹はいる。無人島にいるフナムシはあまりヒトを見ていないのでフナムシからいうとヒトが興味深いのだろう。ぼくも体験があるがあの海のゴキブリみたいなやつが支配している島はエイリアン島と名付けたほうがいい。それから島ではよほどちゃんとした情報と道具を持っていかないと食える魚なんかまず釣れない。四泊するというのにカンビール四本では絶対足りない。クーラーボックスに氷を入れて持っていってるのにこの無防備はどうだ。一ダースは必要ですよおっさん！

そんなふうにいたるところで「そうじゃないでしょ」「ああ、それは考えが甘い！」などと無用にイラつきながら読んでいた。

でも、こうしておっさんが本当に孤立無援で目的をとげる話は実はたいへんに感動的であり面白かった。偉いものだ。老人として毅然としている。歳をとるとなかなかこのような冒険的な単独旅はできないものだからぜひともあと十冊ぐらい書いて「おっさんの孤立無援的無人島一人旅全集」を出してほしい。そう心から思いましたね。

ま、でもぼくの人生のほうも心配しなくちゃいけないのだった。ぼくも終わりの見えないおっさんの孤立無援的部屋片付けの続きに慌てて戻った。

バカザルが空を飛びかう風景

時々ＳＦジャンルの小説を書く。

ぼくは勝手に超常小説と名づけている。ＳＦというにはＳの部分にちょっと自信がないのだ。つまり「サイエンス」。

その世界のプロが書いた科学の本はよく読む。なぜだろう、と考えて得た思考の余韻が好きなのだ。同時に自然科学の本もいろいろ読む。自然界の本当の話は小説を書く上で一番参考になるからだ。

で、長いことテーマとして追っているのは「空飛ぶ人間」だ。スーパーマンのように自由に空を飛んでいけたら、どんなに面白いだろう。それだけの興味でぼくにとってはなかなか難しいテーマの小説を『文學界』というムズカシイ雑誌に年四回という緩い速度で連載している。そしてその締め切りが今週になっているのだ。

やはりＳＦを書いていた安部公房(あべこうぼう)という作家は『第四間氷期(かんぴょうき)』という小説で、水棲(すいせい)

人間のことを書いている。陸上を捨て、水のなかで生存できるようになった人間の話だ。その伝にならって、飛べる人間の話を書きたいのだ。

そのために、人間の「飛翔」にたいするこれまでの歴史をいろいろ調べた。いやはや、かなり昔から人間は鳥のように空を飛ぶことを夢想し、それに挑んできている。

最初の頃は高いところから大きな布を両手にシッカリとつかんで飛び降りる、というようなことをやっていた。十九世紀のことだが、それらの人々は「タワージャンパーズ」と呼ばれ、一種の遊興見世物師として扱われていたらしい。しかしそれらの人々はたいてい墜落死している。無理もない。子供がスーパーマンの真似(まね)をして風呂敷を背中に押し入れの上の段から飛び降りるのとさして違わないことをしていたのだ。あるいは両手に沢山の鳥の羽根をつけてハバタキながら坂を駆け降りる、とか自転車の左右に軽い板をV字形にくくりつけて、やはり坂を走り降りるなどということをしていた。有名なリリエンタールが挑んで成功したのはグライダーだった。そこそこ人間をぶらさげて空中を飛べるくらいの飛行体をつくり、坂を駆け降りたら空中に浮かんだ、という程度のことだったらしい。しばしば科学の進歩は自然界の生物を模倣すると言われるが、ハバタキ飛行の挑戦はバッタやトンボ、そして鳥の飛翔行動から模倣したものと見ていいようだ。成功しなかったのは人間の胸や腕の筋肉ではたとえ鳥のそれに近いくらいの軟らかくてよくしなる羽根を両手に持ってハバタいても虫や鳥ほどには強く速い速度でハバタけなかったからのようだ。

人間の祖先はアフリカの森林地帯にすんでいたサルと言われている。チンパンジーに近い種類らしい。外敵である猛獣から身を守るために木の上で暮らしていたが、あるとき木から地上に下りる一派がでてきた。木の上の多数派から追われたか、物好きで下りたのかは当時のサルに聞かないとわからない。

サルの両手、両足は木の枝を握りやすいように四肢の内側を柔軟に丸くすることができる。そのため地上に下りた一派は最初のうちはナックル歩行（手の甲を下にして歩く）で移動していたが、それでは歩きにくい。やがて木の上の生活で使っていた両手が自由になることに気がつき、中腰になって歩く方法を覚えた。大地から両手を離してみたその一派は木の棒や骨や石を持って、道具として使うようになった。

サルが骨を握ってモノを叩く場面がアーサー・C・クラーク原作の映画『2001年宇宙の旅』の有名なファーストシーンになった。文明のはじまりを意味していたのだ。

木の上の生活を続けた大勢のサルたちも人間まで発達する遺伝子を持っていた筈だが、木の上の生活に固執したために可能性を失った。でも木から木へ飛ぶことができたから、その技術と形態進化から「空飛ぶ人間」への道もあったのではないか。有袋類のモモンガやムササビは四肢の間の皮膜を発達させ、ヒコーキの翼の役目を果たすように体を進化させてきた。モモンガやムササビは天敵から逃げるためと、獲物を素早く捕まえるためにそういう飛翔能力を得たらしい。モモンガのなかでもとくに飛翔能力があるのはフクロモモンガで手足を広げると体のまわりに薄い皮膜があらわれる。そういう飛翔写真を見た。

サルにもその道があった。現にヒヨケザルはモモンガのように皮膜を発達させて空飛ぶサルになり一〇〇メートルは滑空するらしい。でも空飛ぶサルは少数だった。

地上に下りて生活するようになった一派が人間の祖先とするなら、同等に木の上で暮らす多数派がやがて「空飛ぶ人間」に進化していけたのになぜそうならなかったのか、というのがぼくの今書いている小説のテーマだ。

話はまだそこまでいっておらずなんとかそうするための方法を考えているところなのだ。空飛ぶ生物をいろいろ調べていくとパラシュートヤモリとかウォーレストビガエルなどというのが出てくる。トビガエルは水中で使うはずの水かきの間の薄い皮膜を大きく発達させ空を飛ぶために使っている。

ボルネオには空飛ぶヘビがいて空中を平べったくなって飛んでいる写真が『ナショナルジオグラフィック』に出ていた。

サルが鳥のようにもっと高く、もっと遠く、もっと速く飛べるようになるためには四肢をうんと平たくして、ハバタけるように胸や腕の筋肉を発達させる必要がある。さらに体の輪郭に薄い皮膜をつくり、広げるとマントのようにしなければならない。そういえばマントヒヒというのがいたな。がんばれもう一歩だ。それから体のなかでバランス的に一番重いアタマを小さく軽くすることが重要だ。そのためにはあまり深くモノを考えないようにする必要がある。飛ぶことだけを考えていればいいので余計な思考は必要ない。つまりバカになっていく必要がある。バカザルが何匹も空を飛びまくっている風景をバカ作家はこのところずっと夢想している。

からいはうまい

毎月一回十五～六人のメンバーと海釣りに行っている。そろそろ十年になるだろうか。

わが唯一の定期休暇であり、趣味の日、ストレス解消の時間だが、その行状記を月一回、週刊誌（週刊ポスト）に連載しているので、半面、それは取材の日、仕事の時間、ということでもあり、よく考えると何がストレス解消なのかわからなくなってくる。でも気分よく過ごせるのは間違いないのでとにかく毎回楽しみにしている。

「雑魚（ざこ）釣り隊」というチームだが、冬のあいだはそこらの堤防で竿（さお）を出してもまあ絶対といっていいくらいこっぱ雑魚しか釣れない。雑魚釣り隊だからそれでいいのだが、それればかりではエピソードにならないし、キャンプなどの場合はめしのおかずにもならない。

そこで冬は釣りのための乗合船で沖に出ていく。釣り船は釣り人にいい魚を釣らせるのが目的だから魚群探知機を装備しており、なによりも船長の専門知識が豊富だ。

よほどのことがないかぎりタイやヒラメ、イカ、タコ、カツオ、その気になればクエ（一メートルにもなる根魚）とかマグロなんかも我々に釣れるようにしてくれる。

でも、もともとは堤防に散開して自分の好きなように釣りをしていた状態からはじまったチームなので基本は雑魚狙いで、ときおり小サバや小アジなどを釣っているのが楽しい。乗り合いの釣り船になるとチーム以外にも釣り人がたくさん乗っているし、どうしても競争心理が働いて、誰かが狙いのものを釣り上げるとそれこそ全員の目の色が変わる。

で、まあよほどの釣り音痴でないかぎり我々にもけっこう素晴らしい獲物がくるので、入れ食い状態になると「それいけ、ぬかるな」と漁業のようになってしまい、運悪く一人だけまったく釣れないとその敗北感がハンパじゃない。そうして仲間うちでの釣果のランキングがあきらかになって一番釣ったやつがエバり、釣れなかったやつがうなだれて遠く沖のほうをだまって見つめる帰り船、なんていう状態になる。

しかし五月になってようやくキャンプの季節になってきたのでせんだっての快晴の週末、ひさしぶりに静岡まで遠征して堤防釣り。砂浜にテント、流木焚き火の燃えろ宴会というのをやってきた。

十年も続けていると春から秋までの季節はこのキャンプ釣りが一番面白く楽しいとい

うことがわかってくる。

キャンプというと流木を燃やす焚き火がないとオリンピックの聖火みたいなものでどこか気分のまとまりどころがない。しかし、今はこの「焚き火」をさしたる理由もなく排除する地方行政がやたら増えてきた。理由は「あぶないから」とか「山火事の原因になるから」などというものだが「何がどうするとあぶない」のか、聞いても明確な答えがない。規制する役人は焚き火などやったことがないらしく具体的に答えられないようだ。

あぶない、といったら焚き火をかこんで夜更けまで飲んでいて、小便するために立ち上がったらクラクラして焚き火に体を突っ込んでしまう、というくらいのものだろう。それとて当人の問題なのだから今流行(はや)りの「自己責任」というやつで行政にいちいち言われたくない。みんな上半身火傷(やけど)は嫌だから注意している。「山火事」といったって海岸で焚き火しているのだから近くに山などない。こういうのは行政の「屁理屈(へりくつ)」というのだろう。関東地方は体験上「千葉県」が一番こまかいことにうるさい。「神奈川県」と「茨城県」はおおらかだ。

「静岡県」もなかなかいい。場所にもよるのだろうが、我々が好きな海岸は常に流木がいっぱい流れついているので、それらを燃やすのは海浜清掃にもなるからだろう、これまで何もおとがめなしだ。だから静岡はいい。

以前、そこでキャンプしていたら初老の男二人組がやってきた。あれ、静岡よお前もか、と思ったら「あんちゃんたち。ビールたくさん飲んでいるようだけれど空き缶はおれたちが回収するから」と言ってきた。

あとでわかったが我々のキャンプしている場所のすぐそばに流木で掘っ立て小屋をたて、そこに住んでいる海浜ホームレスだった。ビールなどの空き缶を集めて売っているらしく、まさしく共存共栄状態だった。

ぼくは彼らの生活を見て羨ましいな、と思った。老後、仕事もなく、ぼんやり過ごしているような状態になったら雑魚を釣って食ってあんなふうに生きているのもいいな、と。でもよく考えたら今の我々はその予行演習をしているようなものなのだった。

今回の堤防釣りではネンブツダイという鯛の名がつくインチキ雑魚が大量にいて、それらが餌とり名人で、まともな魚は小サバぐらい。ネンブツダイはうんざりするほど釣れるが食うにはダシだけとる「雑魚鍋」ぐらいしか思いうかばない。それではちとみじめだ。

ひるめしは「死に辛そば」だった。そばを沢山茹でて、一口舐めるとアヒアヒいって死にそうになる辛いタレを作り、それをもりそば状態にしたやつの上にかけてまぜて食う。辛味の主成分はラー油系のものを各種集めてトウガラシ、コショウ、それにダシをとった醤油を少々、それらをかきまぜたものだ。

この原型はむかし中国の四川省の成都に行ったときにごく普通の食堂で食べているものだった。大勢のキャンプのときの料理は辛いものが安くて旨くて力を発揮する。

その日の夕食は前日に誰かが釣り船で大量に釣ってきたムギイカを具にした「アヒアヒ死に辛イカカレー」だった。カレーはキャンプ料理の王様で、これさえ大量に作っておけば翌日の朝もなんとかなる。その日は最初に炊いたコメ一升がすぐになくなり、炊き足したほどだった。辛いのを食うとビールがまた呑みたくなる。数年前にいた海浜ホームレスにおれたちの作ったそういう料理を食べてもらったが、二年後に行ったらその二人はもういなくなっていた。

バーロー
二度と来るな
夜空に
日生
シーナー
どうも
失礼します
今回で
脱退させていただきます

こんな話でいいのだろうか

数年前に「死」についての本を出したら、そのことについての「講演」の依頼が何年か続いている（『ぼくがいま、死について思うこと』新潮文庫）。

ぼくが書いている本だから「死」についての生物学的な深い考察とか哲学的な思索などはいっさい関係なく、身のまわりの人の死に直面して感じた日本の葬式文化を再考したり、いちゃもんをつけたり、これまで行った世界各地で偶然出会った「死」や「葬儀」とくらべてみたり、といった程度のものだったけれどそれなりに時勢、というか潮時を得たようで、そういう依頼が続いたのだろう。

その「死」の本を書いているときに読んだ動物行動学の本に「人間と人間以外の生物を比べたとき根本的に違うものがあるがそれは何か？」と問うているものがあった。少し考えたけれど当然ながらぼくのアタマではまるでわからず、すぐギブアップしたのだが答えは「人は死を知っている。それから逃れられない、ということも知っているが、その他の生物は自分の死を知らない」というもので、なるほどと頷いた。

人は自分がいつか死ぬことを知っているから「なんで生きているのだろう」と深く考え悩む人も出てきて宗教の信心にその問いをぶつけたりする。

動物は自分の「生」に疑問を感じない。ブタが毎日黙って、いやブウブウ言って生きていれば自然に食べ物を与えられてとにかく困らないで生きている。しかし何故そんなに楽に生きているのかとフと考え、その先々のこと（自分の運命）を知り、理解してしまったら逃走するか断食するかを考えるだろう。

「講演」などといってもぼくはせいぜいそんな話をする程度だ。それでもそんな話をこっちむいてちゃんと聞いてくれる人が大勢いると、もしかするとこういう事象に興味を持っている人がここに大勢集まっているのかもしれない、などとカン違いして、いい気になって思うところを話している気がする。

六月は長崎で「蚊」についての講演をすることになっている。

どうして長崎で蚊なのか、よくわからないのだが、むかし『蚊學ノ書』という題名の本を出したことがある。それは古今内外の蚊にまつわる話をいっぱい集め、ちょっとした蚊学大全のようなものになった。

それが先方の依頼のもとになっているのかもしれないけれど「蚊」だけのテーマで講

演会をやる、なんて勇気ある主催者は滅多にいないのでこれはタダゴトでない、黙ってはいられない！　と思い引き受けてしまったが、もともとパロディーが下地になっている本だったので、その講演会で本格的な蚊の生態とそのまさしく科学的考察、などというものを求められているのだったら入り口であやまってすぐさま逃げてしまうしかない。

　ぼくがそういう「講演会」で話せることといったら「世界三大獰猛蚊」の地といわれるシベリアの夏のタイガ、北極の夏のツンドラ、通年存在するアマゾンの獰猛殺人蚊と遭遇した話ぐらいしかない。

　あっ、そうだ。もっと前に短編小説で『蚊』というのを書いた。これはある日突然呼吸をすると蚊が鼻の穴からどどどっと入り込んでくるくらいの濃密蚊だらけ地獄部屋にいた、という男の一夜の奮戦記を書いたもので勿論フィクションである。そんなものが講演で役立つかどうかわからないから、やはり本当に生きていくのが嫌になってしまうような獰猛蚊地獄地帯の体験話をするほうがいいのだろう。もしかして蚊についての学術的なシンポジウムなどというのだったらどうしようか。急に心配になってきた。いったん引き受けてしまったあとでグズグズ心配しているんだからナサケナイ。

　でもシンポジウムとかパネルディスカッションなどというのはたいてい面白くない。司会進行役が時間的なことばかり気にしていて、出席した人がいかに話す時間を守り出席者の発言をひとまわりさせるかばかり考えていることが多く、シンポジウムとかディスカッションなどといいながら議論にならないことが殆どだからだ。

それだったら一堂に会する必要もなく人数で時間割りして「青年の主張」みたいに一人ずつ順番に喋（しゃべ）っていけばいいのだ。実際には「おじさんおばさんの主張」ということになるのだろうけれど。

学者先生の最近の講演でつまらないのはパソコンにある表とかデータなどをプロジェクターで拡大映写し、それを解説するというやつで、これは聞いてるとたいてい眠たくなる。あれは「講演者」には楽だろうけれど手抜きの困った流行りものだ。パソコンがいけないのだ。

来年は東京で「不眠」の講演をやることになっている。丁寧な依頼状がきて、不眠で悩んでいる人が近ごろ急増しているので、そのことについて考える会があるのだという。

ぼくのほうがその話を聞いていたい気もするが、これも『ぼくは眠れない』という本を書いたことによって依頼されたようなので責任を持ってひと様の役に立てれば、という気持ちでお引き受けした。

しかし「不眠」というまだよくそれが解明されていない問題を、ただまともに眠れない、という問題をかかえている人が「眠れないんです」と話をして何かの役に立つのだろうか、ということが心配になってきた。医者の話を聞いても不眠が治るわけでもないのは、ぼくも体験ずみだから眠れない当事者の話でもいいのかもしれない、と思い直した。

この講演会をやる時間帯がどのくらいだったか、ということが急に気になった。なにしろ来年のことなので依頼書は事務所のスタッフが持っていて今はわからない。もし昼間やることになっているとしたら、話をしているうちに参会者の大半はぐっすり眠っているかもしれない。ぼくがそうだからわかるのだが、不眠症の人は昼になると眠くなるものなのだ。それならそれで束の間、役に立つのかもしれない。

サスペンストイレ

待望ヘビ型自動掃除機

以前ぼくの何かのお祝い（作家生活三十年だったか）に仲間がルンバを買ってくれた。室内自動清掃機である。三〇センチぐらいのほぼ円形をしていてスイッチを入れると、「これから清掃をはじめます」などと可愛い声で宣言して蓄電基地から出てくる。

前方に二対の回転するリボンがついていて、これが方向進路を探り、さらにそこらのゴミをかき集め掃除機内に収容していく動作をしているようだ。基地から出ると様子を窺うようにリボンをクルクル回しながら本体そのものも左右にクルクル回りながらやがて意を決したように清掃業務のために部屋の大海に出ていく。

なるほどルンバとはいいネーミングであった。このクルクル回るヒゲ的リボンのようなものが方向探知の役目もはたしているらしく、障害物にあたると右や左に進行方向を変えていく。

そうしていつしか部屋をくまなく綺麗にしてしまうのである。ぐうたらな嫁より役にたつ。

たしかにそのように動くが、ちょっとバカなところがあり、障害物がないとどんどん進んでいくけれど、テーブルや椅子の脚がちょっと込み入ってくると、進路を失い一カ所でむなしくいつまでも空回りをしていることが多い。かなりバカッぽい。

そういう停滞を無くすためには人間が部屋にある椅子だの植木鉢だの置物だのゴミバコだのをあらかじめ全部きれいに片づけておかなければならない。

自動掃除機といいつつ、こいつを働かせるにはけっこう人間のほうもこまかく働かなければならず、真剣にサポートするとクタクタになってしまう。

最初のうちは面白さもあってけっこう作動させていたが、人間が働きたくないときはこれを作動させないほうがいい。

清掃が終わると帰還せよ、のリモコンスイッチをおすと自分でバックの運転を上手にやって蓄電基地に戻っていき、集めたゴミを基地のゴミ収納袋にそっくり入れる、というところまでやる。

まことにケナゲというか可愛い奴なのだ。この機械、体育館のような何も家具など置いていないところで一時間ぐらいほうって働かせておくといいのだろうが、日本の家屋のようにいろんな家具があり、フローリングがあると思うと段差があり廊下があり、それを横断するとまた段差があってタタミ敷きになるような複雑な形だとあまり効率的でない、というのが三、四年やってみた結論だった。今はもう休業に入っている。

ぼくは第三〜四世代のハイブリッドモデルに「ヘビ型掃除機」を提唱する。うーん、これだとヘビ型だから当然全体が細長い。長さは二メートルは必要だろう。うーん、これだと収納はトグロ巻きだろうか。

で、胴の直径は五センチというところ。けっこう大型のヘビだ。

頭はコブラを連想させるくらいに大きく、先端の口があいている。口の中から初期型のルンバでいう探査リボンであり方向センサーの役をはたすものがチロチロ出て進むべき方向を探っていく。これはぜひヘビの口からチョロチョロ出てくる臭(にお)い探知の赤い先割れ舌にしてもらいたい。

こいつがゴミを探しあてどんどん吸い込んでいく。ゴミを収集し、全身の収納部にどんどん送っていく。

ヘビ型だから部屋にあるテーブルとか椅子なんかはさして障害にならない。ただくねくねすり抜けていけばいいだけなのだ。

ヘビ型掃除機の威力は茶箪笥(ちゃだんす)とか冷蔵庫とかテレビの裏側なんかに難なく入り込んでいけることである。

ワッハ
明るいムカデ
よーし戦え
どうしたマサル
ヘビが怖い
ん？

この能力はたいしたものだ、ということがやがてわかるだろう。

さらにこれの改良型マーク2の威力は部屋の壁の隅の直角になったところを天井までするするあがっていけることだ。

鴨居があったらそこを横に移動していくことができる。鴨居なんか大晦日の大掃除のときぐらいしか掃除しないところだ。そこを必ず掃除するようにプログラミングをして毎日でもやってもらいたい。

すばらしいではないか。

こういう高所を特別清掃しているときに蓄電エネルギーがとつぜん切れたりすると、ドテッと下に落ちてきてゆるゆる蛇行しながら蓄電基地に戻っていく。

その家にこうしたヘビ型掃除機があることをうっかり知らせないでお客を招き、そういう状況に遭遇したらお客は驚くでしょうなあ。やってみたいなあ。

しかし時代はどんどん進み、このヘビ型を凌駕する機種がまもなく生まれてくるような気がする。

これは意表をついているもので、まず今のところははっきりしたわかりやすい形をしていない。強いていえばアリンコぐらいの大きさだろうか。せいぜい三〇センチ四方ぐらいの箱に千匹ぐらい全部入ってしまえる。

全体にエネルギーを充満させたあと、指令装置がミッションのプログラミングをそれぞれにインプットする。そして箱の隅の出入り口から、ハエぐらいの掃除虫（通称）がその家のなかに放たれる。これらは家の中に自分の担当のエリアをプログラムされているからそのエリアのゴミ、ホコリ、ダニ、カビ、その他有害と判断したものを全部持ちかえってくる。

それらはコントローラボックスの「ゴミ不用品収集箱」のなかに凝縮してつめこまれ「ミクロゴミ」として普通のゴミと同じように捨てられ焼却される。

サイバネティクスを利用したこういう技術は今、本当に研究されているらしい。ただし今は収集するほうではなく狙った敵の内部に「危険なもの」を放出するために研究されている。それをいつか平和利用できたときの第一モデルがコレということになるのだ。

※ところでサワノ画伯の描くムカデ型はゴミもれが激しく難しそうだなあ。

快晴小アジ小サバ釣り

サンフランシスコに息子ファミリーが住んでいたとき、一週間ぐらい休みをとって遊びにいくと、そのあいだかならず日帰りハイキングにでかけるところはゴールデンゲートブリッジの周辺だった。

とてつもなく大きな公園と広くて清潔な海岸があり、海と広場好きのアメリカ人とイヌたちがいつもそこでいろんなことをしていた。老若男女みんな精いっぱい好きなように遊んでおり、風景全体がハッピーだった。

当時五歳の孫はまだすんなりゴールデンゲートブリッジと言えず「ゴールデンゲートブリブリブリッジ」と言っていた。この大きな橋の下では老人を中心にした釣り人がいつもいてビールなど飲みながら竿(さお)をのんびり出してくつろいでいた。孫との約束は「いつかその橋の下で一緒に釣りをしようね」というものだった。

けれど実現しないまま息子夫婦は十七年間のアメリカ生活をタタンデ帰国し、東京に住んだ。そしてもうひとり男の孫が日本で生まれた。

つい先週、息子と二人の孫、それに「おじいちゃん」のぼくとの四人でやっと約束の釣りにいくことができた。ゴールデンゲートブリブリブリッジではなく、千葉県の鴨川（かもがわ）の堤防だった。梅雨（つゆ）に入る前のよく晴れた暑い日で、クルマには冷房はまだ必要なく、小さくあけた窓ガラスの隙間からここちのいい風が入ってくる。

東京から千葉には東京湾を海底トンネルでつないだアクアラインをいかに早い時間に通過するか、ということが大事なんだ、とそのルートでしばしば子供らを釣りに連れていっている息子は強調し、まだ眠っている下の孫（小学二年生）を寝かせたままクルマに乗せ、ぼくは中学生になる初孫といろいろ互いの最近のことなど話しながら自動的に千葉の海に運ばれていったのだった。

親子三代で休日の釣りにいく、というのがぼくのちょっとした「大きな夢」であったから、その日は二人の孫よりも浮かれていたのかもしれない。

ぼくはそんなに釣りが好きというわけでもないのだが、モノゴトの自然な流れというようなもので十年ぐらい前からすでに書いたように仲間の親父（おやじ）たち三十人ほどの集団で毎月どこかに釣りと焚（た）き火（び）とキャンプをセットにした釣魚旅を続けている。

だからいろんな魚を釣ってきたのだが、釣りの技術は常に場当たり的で、ぼくは釣れても釣れなくてもいい、というタイドだからたいしたことはない。そういう旅でぼくが期待しているのは仲間らが釣った魚をその日のキャンプの焚き火で料理し、それを肴（さかな）に夜更けまで飲んでいる、という「そっちのほう」で、まあ気晴らしにはうってつけの趣味になっている。

けれどその日はよく釣りにいっているじいちゃんがどのくらいの釣りの腕か、というのがひとつのポイントとなっていたが、ぼくはその逆に孫たちがどんな釣りをするか、ということに興味があった。

大きな堤防があり、休日というのにあまり釣り人の姿はなく、我々と同じようなファミリーフィッシングを楽しんでいる人ばかりのようだったので安心した。

季節と場所によってはかなり本格的な「釣り師」というようなグループがマナジリをつりあげて大型の獲物を競争のようにして釣っている、というようなケースがある。船溜（ふなだ）まりに回遊してくるような魚を狙う場合は釣れるポジション取り、というようなことが結構真剣で、その迫力にはじき飛ばされてしまいそうだ。でもその日は思ったとおり小サバと小アジが唯一の獲物として小さな規模で回遊しているようで子連れの釣りとしては最適だった。

釣りの方法もサビキという針がたくさんついた竿を垂らしておいてオキアミなどの撒（ま）

き餌で群れを誘ってたくさんついている針のどれかでひっかけるというわかりやすいもので、技術云々のいらない方法だった。

二人の男兄弟（孫たち）は父親に基本的な仕掛けをつくってもらい、思い思いのところに竿をいれる。

小魚が回遊してくると一〇センチぐらいのがけっこう釣れるから、これはファミリーフィッシングには最適なのだった。

釣れたばかりの小魚は当然ながらピチピチいって勢いよく跳ね回りそれをつかまえて針から外し布バケツにいれるまでも小魚釣りの連続の楽しみだ。

それともうひとつ、ぼくはいき帰りクルマの運転をしなくてよいので、そういう真剣な収穫風景を眺めながら冷たいビールを飲んでいられる。そういう要望はしていなかったのだが息子はクーラーボックスの中に子供ら用の水とじいちゃん用のビールを用意してくれていた。息子も日本の社会で揉まれてきていろいろ気を使うようになったのだなあ、と感心した。

みんなで三十四匹ほど釣り上げた頃にお昼の時間になった。最後の一匹は中学生の孫が刺し身で食えるくらいのアジをあげておしまい。ぼくは三匹釣って、あとは「リタイアした好々爺」よろしく、海や空を含めたそんな風景を楽しんでいた。

帰りは午後二時までにアクアラインを通過しておくのがポイントで、それを逃したら夕方まで釣りの続きをやっているしかない、と息子は言った。

だから早い夕方には帰宅している方針にした。小サバも小アジもハラを出しあとはカラアゲかテンプラにするのが一番面倒がない。

将棋などを二人の孫とやっているうちに大皿いっぱいの本日の収穫物が並べられて出てきた。

炊きたてのアツアツご飯にとりたての小さなアジとサバがとびきりうまい。こういう一日は孫たちにとってけっこう長く記憶に残る「古きよき日々」ということになるのだろうな、と確信しながら、ちょっと贅沢ながらボルドーの古い赤ワインを飲みつつ「よき休日」を反芻していた。

世の中みんな緊迫感が足りない

精神科に月一回の割合で通院している。

季節や体調によって不規則だけれど不眠症がひどくなると病院に駆け込まないとやっていけなくなる。もうすっかりそれが持病になってしまった。

強弱のある何種類かの睡眠薬と抗うつ剤を処方されているが、その日の調子にあわせて自分でそのうちのいくつかを組み合わせて飲む、という方法をとっている。できるだけ弱い薬を、と思っているが、夜更けになって精神に焦りが出てくるとそうそう甘いことも言っていられない。薬に対する免疫もできてしまうから毎日同じ種類や量の薬ではすまなくなるのだ。

サケを飲んだときはいわゆる酔ったイキオイで寝てしまう、ということも結構あるが、そういう眠りかたは確実に夜中に喉の渇きで目を覚ます。それが真夜中の一時前後ということが多い。せっかくクスリなしで寝入ったのに、という敗北感が無念かつ心痛だ。

起きて冷蔵庫の中の冷たい水を飲むと困るのは頭のなかがたちまちハッキリし、もうそれまでのやすらかな睡眠に戻ることができない、ということだ。

そのまま深夜のテレビを見たり、本を読んだりしていればやさしい眠りに戻れる、というのも甘い考えで、もうあらかたサケの酔いが消えているから、覚醒度は見事に「がんこじじい化」していてヘンに静かな都会の夜の闇のなかで目をパッチリあけて無念さを噛みしめているのである。

昨夜は、そういうサケの酔いだけでゆったり甘美な眠りのなかに流されていったのだが、夜更けに痛みで目が覚めた。左足のくるぶしが痛むのだ。

寝る前にそのあたりを激しく打ちすえた、という記憶もないから、これはもしかすると密かに恐れていた痛風というものが発症したのではないか、というところに思いが至った。

深夜の恐怖である。

そういえば昨夜はたいへん楽しいことがあって五人でかなりのサケをあけた。サケは毎日飲んでいるが家で一人で夕食のときに飲む量などたかが知れている。

しかしときおり気分が高揚しているとそういうバカ飲みをしてしまうことがあるのだ。恐怖にオノノキながら立ち上がって痛みの度合いを調べてみた。あきらかに打撲などという単純なものではなく、関節をキリキリ攻めてくるという痛風の陰険な体の内側からの痛みであり、これは、いつかこういう日がくるだろう、という想定のもとにすでに痛風歴の長い友人などに聞いていたとおりの「いいわけ」や「とりつくろい」のつかない本物であると覚悟しなければならなかった。

思えばこのところ実に気分の滅入る出来事が続いていて、夜ともなればサケを飲んで脳髄をマヒさせなければやっていけない状況というのが続いていたのである。

まあ考えてみればこの歳までさしたる重大な病気にもならず毎日ちゃんと仕事をしている。前に書いたように夜はかならずサケを飲んでいる。サケといってもビールが中心だからまあ軽いものだ。眠れないで闇を眺めているとまだ一時をすこしすぎたばかりだ。

長いこと同じようにサケを飲んできた仲間はどうしているだろうか、などということを思いうかべ、あいつもそろそろ痛風適齢期だし、この頃さらにアルコール量がまししている気配がある。

あいつも今夜あたり発症していないかなあ、などと考えるのは気晴らしになるものだ。

「確かめてみたらどうだ！」

わが思考のなかにアクマの声がこだましてくる。

まだ一時すぎだ。宵っ張りな奴だからまだ寝ていることはないだろう。徹夜マージャンなんかやっているかもしれない。

ようし、かまうものか。

で、電話してしまう。やっぱりすぐに出た。寝てなどいないのだ。

「おっ、なんだ？」

夜更けの電話にしてはあんまり驚いている気配はない。

「おめー、どこか痛いところないか？」

「ん？　なんの用だよう。いきなりよう」

「おめーの足とかカカトとかが痛くないかって聞いているんだよ」

「足のカカトだと。あっ、それポン」

あきらかにそいつはどこかでテツマン（徹夜マージャン）をやっているようだった。

「あっ？　なんだっけ。誰か痛いの。誰が？」

「オメーだよ」

「痛くないよう。どこも。それよか腹へっているよ。お前近くで飲んでいるんだったら寿司（すし）かなんか買ってきてくれよ」

「おれはもう布団のなかだよう」

「布団のなかからなんで電話してきた？」

正しいものに○を付けよ。
アイスキャンデーは亀戸がうまい。
河童は岐阜だ。
夏は仕事がない
酒乱の人は手ぶらが多い。
見合いは満月が最適
あなたの子です。
お化けは四谷大木戸が本場。
馬に阿波踊り
仏さまが帰って来る日

「いや、ちょっと気になってさ。じゃもういいや」

そこでおれは電話を切った。考えてみたらそいつにとってこのうえない迷惑な話だったろう。

しかし、おれたちのつきあいのなかには夜更けのこういう会話はけっこうあるのだ。だから気にしない。しかし残念ではあった。

もうひとりぐらい候補者がいたが、今の会話でちょっと自粛することにした。やはりいくら考えても迷惑電話だよなあ。

仕方がないのでテレビをつけた。もとより当てずっぽうだ。本を読むにはそれだけ精神が積極的でなければならない。いまおれは基本的にうちひしがれているのである。

テレビはB級の、子供には見せられない男女の物語をやっていた。なんだかよくわからないが殺人を犯した男を女がかくまっているようだ。今しがた殺人を犯した男としてはどうも緊迫感が足りない。リアルじゃない。

そんなんじゃだめだよおめえ。もっと演技の勉強をしなよ。痛風で足のカカトが痛くなって明日どうなっていくかわからない男の顔してみろっていうんだ。

お骨仏と大盛り冷麺

大阪の一心寺（いっしんじ）は戦国時代の昔から檀家（だんか）や宗派にとらわれずあらゆる人の納骨供養をしていたので、骨が大量に残っていった。

そこで、その骨を砕いて粉状にし、仏像を作って供養するという世界にも例のない「お骨仏」というものを作った。

通常の人よりふたまわりほど大きな仏像は一体二十万人前後の人々の骨で作られていたが、太平洋戦争で六体が焼失。戦後にまた復活して今年戦後八体目のお骨仏が完成し、二〇一七年六月に開眼披露された。

仏像が死者の遺骨から作られている、という話を聞いて感心し、いつか参拝にと思っていたが、先週やっと実現したのだった。

梅雨の先走りみたいな雨がときおり強く降る日だったが、大変な人出だった。休日の参拝者は一万人を数えるという。

戦後八体目の一番あたらしいお骨仏は約二十二万体の骨で作られていた。すぐそばまで近寄ることができるが、これぞまさしくお骨がぎっしり詰まった中身入りの仏像であるという、いわくいいがたい迫力があった。

柳田國男の民俗学の本などを読むと、近代日本の墓の基本は家名などを彫り込んだ墓石の下にカロウト式という石棺を作り、そこに死者の骨を入れていくから、一族代々の骨が死亡順に入っていくことになる。

しかし古い墓になるとたとえば三百年前の骨が誰であるか正確に知る人はもうほとんどいなくなっていたりする。しかもカロウト式の墓は構造的に遺骨にではなく、家名などを彫り込んだ墓標に手を合わせる。象徴的なものに供養の祈りを捧げているのだ。そして遺骨そのものは狭い石棺のなかで崩れていくだけなのである。

そういう現実がある一方で、この「お骨仏」は仏のどの部分にそれ（身内の人の骨）があるかわからないが……遺族は家族の骨の実物に手を合わせ祈ることができる。

何十万という人の骨がぎっしり詰め込まれている、ということを考えると、粉末になって集結していく何十万という骨がそれぞれ喜んでいるのではないか、という感覚をもつ。

日本はこれからどんどん人が死んでいき、まさしくいたるところ「骨」だらけになる。

その骨がカロウト式の石棺のなかにとじこめられたまま日本中の墓に残されていく、というのはあまりにも息苦しいのではないか。ぼくもゆくゆくはお骨仏になりたい。

住職のインタビューも実現し、より詳しい話をうかがったが、それらは「エンディングノートをめぐる旅」（『青春と読書』）という連載で「死」をめぐるあたらしい動向を取材するシリーズに詳しく書いていく（二〇二〇年『遺言未満、』として刊行＝集英社）。すぐ近くに通天閣（つうてんかく）があるのでそちらのほうにも行った。通天閣とその周辺の大阪のディープゾーンを行くのも初めてだった。

いろいろ聞いていたが、これぞ大阪の人、と無条件に納得するいろいろなことをしているおっちゃん、おばちゃんがいっぱいいて、初めておとずれる外国の町という興味と感動にも似ており、もっと早く来るのだった、とつくづく無念に思った。

小さな路地の左右には縁日でみるような屋台ふうの店がびっしり並んでいて射的場なんかは常設されているようなのでとにかく新鮮な違和感に満ちていた。今度ゆっくり一日かけてカメラなど抱えて歩き回りたい。

そのうちいい時間になってきて「ちょっといっぱい」ということになった。

午後三時ぐらいからすでに満席の飲み屋が並んでいる。あてずっぽうにそのうちの一軒に入ったら壁いっぱいに並んでいる酒の肴の種類と安さに圧倒された。たいていのものが「百円均一」だ。一番高い鉄火巻きで四百五十円だった。

キスの天ぷらとだしまきタマゴを注文。すぐに揚げたてのキス天が出てきた。だしまきタマゴといったら三〇センチぐらいの皿にぎっしりのが出てきた。味はシンプルで東京の高級料理屋なんかにもひけをとらない。ここらの店はきっとなにもかも安くてメニュー豊富なのだろう。こういう街を抱えている大阪というところの太っ腹感覚におそれいった。

日帰りして翌日は盛岡に。いそがしいおっさんになってしもうた。東京は曇天、すこしパラパラいっていたが新幹線が北へ北へ進むうちに空から雲が切れ、遠くの山並みがみえ始めた。

盛岡にはこの数年、三カ月に一回くらいのわりあいで行っている。街中にあるクロステラスという大きなショッピングビルで、定期的に「話」をする会が開かれていて毎回大勢のお客さんがやってくる。テーマがあってこの夏から始まったのは「映画」についての話だった。好きな世界の話だからのびのびした気分になる。先月は長崎でなぜか「蚊」の話をした。そういうシンポジウムに呼ばれたのだ。ふだん自宅にこもって基本的に原稿を書いている生活だから、こうしたオファーがあれば積極的に出かけていくことにしている。長崎では十年ぶりぐらいに本場の「ちゃんぽん」を食べたが、盛岡では

「冷麺」にトドメをさす。迎えてくれた古い友人らと焼き肉ビールのあと「大盛り冷麺」を注文した。

これまでは帰りにやはり友人がやっている鮮魚をたっぷりだしてくれる「海猫食堂しまか」という店で乾杯のウチアゲをしていたが思えばこの数年「冷麺」を食っていないぞう、と言ったらそっち方向で実現したのだった。

盛岡にはおいしい冷麺屋さんがいっぱいある。東京ではまずおめにかかれないウマさだ。しかし今回気持ちが焦って「大盛り」を頼んでしまったが、むかしと比べると見ただけで「うわーっ」と思うくらいのボリュウムだ。でもこれは冷麺屋さんが麺の量を増やしたわけではなく、こっちがもうそんなに食えなくなっているのだ、ということに気がついた。いやはやこういうのもアインシュタインの特殊相対性理論で解ける話なのだろうか。お骨仏になってしまったら冷麺も食えなくなるなあ、と考えながら無理して全部食った。

新潟にいったら「海老家」の蕎麦だ

大阪からはじまって盛岡、昨日は新潟、明日はまた大阪だ。全部移動は新幹線。ずっと以前は飛行機を使うこともあったが、あの頃、なぜ飛行機などを使っていたのだろうか？　と不思議に思った。たぶん新幹線のスピードがどんどん速くなり、本数も増えたことと関連しているような気がする。

飛行機は塔乗開始の二十分前に空港に到着して手続きしていなければならず、たいてい家からタクシーを使っていくので渋滞などのもしやを考えて結局一時間前を目指していくことになる。高速道路事情もむかしと変わって新しい路線などもでき、事故さえなければ以前よりずっと早く着いてしまうので、結局空港で一時間以上待っている、ということが殆(ほとん)どになった。

それだったら極端に言うと新幹線は発車一分前に車内にいればとにかく大丈夫だ。ヨソの国、たとえばインドの列車など発車が三十分～一時間ぐらい遅れることは普通だが、しばしば定刻前に出てしまったりするので油断がならない。

以前メキシコで予約していた飛行機が予定時間前に離陸してしまったことがあった。文句を言ったら「満席になったからだ」という返答だった。そうか満席になっていたら定刻まで待つ必要はないか、と一瞬思ったが「そうじゃないだろう。意味が違うだろ！」と怒ったことがある。南米特有の「いいかげん力」が発揮され、ダブルブッキングなどは普通の時代だった。チケットを発行しておきながら結局は先着順だったのだ。そんな国々から考えると日本は世界一正確な国だと思う。

新潟では県の書店商業組合からの依頼で大勢の前で話をする、という仕事だった。そんなまだるっこしい言い方をしないで「講演」と言えばいいのだが、どうもそれじゃね、あまりにもエラそうなので気がひけるのだ。

ダイヤの関係で新潟に着いて小一時間ぐらいの余裕がある。そこでかねて作戦をたてていたうまい蕎麦(そば)屋さんに立ち寄っていくことにした。新潟はもともと蕎麦のうまいところだがぼくはもっぱら「海老家(えびや)」に感動している。あまり目立たないところにあるのだが、ここのうまさを知っている地元の人でいつも行列ができている。けれど、お店の対応がいいのと新潟県人の人柄のよさでどんどん相席で、そんなに広くはない店のテーブル席がうまっていくから行列ができていてもたちまち座れる。

ここはダブルメニューが誘惑的だ。基本は「蕎麦と丼もの」の組み合わせだがカツ丼、天丼、カレー丼の三つから二品を選ぶ、という蕎麦屋としては不思議な組み合わせもある。その理由はここで作るテンプラ、小甘エビのカキアゲにある。揚げたてのこれを蕎麦の上にのせてもドンブリごはんの上にのせてもうまい。ドンブリの大きさが小ぶりになっていて、これをガシッと片手でもって最後までテーブルの上に置かずわしわし食うことができる。以前この店でそうやって食っているいかにも土建関係者風のおっさんのその姿を見て感動し、やがて『カツ丼わしづかみ食いの法則』という本を書いてしまったくらいだ。

　その日、ぼくはドンブリモノと蕎麦の組み合わせはもう食い切れないとわかっていたので「モリソバ」と「テンプラソバ」の二つを注文した。われながら賢い選択だと自負した。けれど忘れていたがこの蕎麦屋は〝もり〟がいいのである。白い二八（にはち）蕎麦がセイロの上に山盛りになっていて見るからに感動的だ。何が腹たつかといってセイロの上にまばらに蕎麦が乗っている気取りまくりの「モリソバ」を出す店だ。モリソバあたりで気取っていてどうすんだ！　という基本的な怒りがふつふつとわきあがってくる。

　以前、東京の六本木（ろっぽんぎ）にあるやたら気取った蕎麦屋にうっかり入ってしまい、出てきたモリソバを見て驚いた。しゃれた皿型のセイロの上に二十本ぐらいしか蕎麦が乗っていないのだ。値段は千二百六十円。蕎麦一本につき六十三円だ。こんなもの三分あれば食い終わってしまう。メニューの手書き文字には相田(あいだ)みつをがだいぶ入っており、天井付近から流れるＢＧＭはビバルディだ。蕎麦屋は無音のなかでズルズルの音がいちばん美しい。

ココロのなかで「バーローめバーローめ」とののしりながら店を出たもんだ。そうしてその後『殺したい蕎麦屋』という本を書いてしまった。もう蕎麦のことになると直情径行化してなんでも書いてしまうのだ。しかも今回は書店組合のあつまりに出るのだからこういうエッセイに自分の木のコトなど書いてしまってもいいのだ。

海老家のうわあっと盛り上がっていて、ほどよく茹(ゆ)でたモリソバを感動的に食い、続いて天ぷら蕎麦にうつった。

平日の午後だというのに会場のホールは満席だった。ぼくは逆上して、のっけにいま食ってきた「海老家」の蕎麦の話に続いて新潟は「天龍(てんりゅう)」という小魚だしのラーメン屋がうまいし、万代(ばんだい)シティバスセンターの「立ち食いそばとカレー」の組み合わせも絶品ですなあ、などという話をはじめて、自分が何の演題をそこで話すのか忘れてしまったほどであった。終了したあと、だいぶ以前から懇意にしていただいている今回の招(しょう)聘(へい)者だった文信堂書店の西村会長夫妻に、粋な小料理屋さんへつれていってもらった。

元芸者をしていたという美人の女将(おかみ)がやっている店で目の前に日本海の見事にうまそうな魚料理が並べられた。しかし、ぼくはほんの数時間前に逆上して蕎麦をダブル食いという歳に不相応な逆上食いをしてしまったので、その見るからにうまそうな肴を三分の一ぐらいしか食えなかった。我が身の体力と麺類にたいする欲望に大きな実力差ができているのを思い知った、というわけである。

干潟の穴にひそむもの

たびたびハナシにつまったときに登場させているが、釣りと酒と焚き火好きの親父どもがぼくのまわりに常に三十人ほどいて、そのうちの半分から二十人ぐらいが毎月一回、日本のどこかへ竿をかついでチームをつくり、有名無名の魚類を追いかけ回している。

なかなかリッパな、魚屋さんの店先に出してもはずかしくないようなサカナも釣るし、全員うなだれて魚屋さんのまえを足早に通過するときも多い。もう十年以上、ひと月も休まずかなり遠くまで遠征しているから、うまいやつはカツオだヒラメだマグロだとけっこう釣っている。獲物はみんなでさばき、みんなで食う。

キャンプの自炊が原則だからそのへんのオキテは結構厳しい。

八キロぐらいの近海マグロをしとめたときはついつい流木焚き火も大きくなる。酒盛りの火も赤く燃える。でもここんとこ焚き火の火はあまり大きくならないなあ。

暑いし。

で、このあいだある出版社から面白そうな本のゲラが送られてきた。タイトルは『捕まえて、食べる』。率直で、日本のそこらにいる有名無名の対象物が多い。食べようとするには結構それなりに基礎知識と技術がいる、というもの。

カニ、タコ、ホタルイカぐらいはおれたちも捕まえて食ってきたが、冒頭に出ている、臭いものコンテストをやったらいつでも上位入賞間違いなしというエイを発酵させたもの、とかザザムシとかは未体験の食い物だった。

エイは捕まえて食うまでに時間がかかる、というのと、ムシはサカナと違うからなあ、というのがおれたちの「いいわけ」だった。

しかし「穴ジャコ」と「マテ貝」はどちらも東京湾の干潟でほぼ同じようなところで狙える。それからここんとこずっと魚ばかり狙っていたから少し目先を変えてみっか、という意見がいろいろ出てきた。

とくに両方とも干潟というのが我々には新鮮だった。東京育ちのメンバーは幼い頃の郷愁にフルエルではないか。

そこで七月の日曜日、殆ど半日勝負で江戸川河口の干潟に集まった。その日だとその著者玉置標本（たまおきひょうほん）さんが獲物のいそうな場所とその捕獲方法をじかに伝授してくれるというのだ。

その日曜日がいやはや朝からクソ暑い日だった。あの関東各地で本年の最高気温を記録した日でしたよ。

東京都と千葉県を区切る江戸川の河原には家からクルマで五十分ぐらいで着いてしまった。十八人も集まっていた。まだ若いおとうさんという感じのその本の著者も独特の穴ジャコ狙いの服装と用具をひっさげてみんなの前にあらわれた。

干潟に入っていくのにいちばんいいのは地下足袋（じかたび）で、肩にした袋の中には穴ジャコ取りとマテ貝取りの専門用品。小ぶりのクワも入っている。それだけ見るとどこへ何しにいくのかわからない。暑い日差しの下にいるので帽子、サングラスが必携でしょう。あとは汗フキ。いっそのことハチマキというのも雑魚（ざこ）釣り隊には多い。

まずは穴ジャコ狙い。

クワもしくはシャベルで潮の引いたところを五～一〇センチほど削っていく。すると小さな穴が見える。最初はよく区別がつかなかったがひとつ見つけるとあっちこっちだ。その穴に習字で使う筆の穂先のほうをそーっと差し込む。巣であるとまもなくその筆が少しずつもちあがってくる。

コレ面白い。五～六本の穴に筆（百円ショップで買ってきたやつ）を差し込んでいくと二～三カ所で差し込んだ筆がもちあがってくるのだ。

あとでわかったが、これは自分の巣穴に筆のようなわけのわかんないものが差し込まれ、折角の自分の巣の出入り口を塞いでしまうものだから「おい、こらあ、何したんじゃ」と怒って筆先をもちあげてくるらしい。

その筆の穂先が穴の端あたりに見えてきたあたりから勝負が始まるがこれが結構難しい。筆にとりついた穴ジャコを筆ごと穴ジャコの巣（結構固いトンネル）の壁におしつけてから片手で取り込むのだが、ちょっとでも異変を感じるとさっと穴の奥に引っ込んでしまうのだ。みんななんどか挑戦していたが最初の三十分ぐらいはまるで成果があがらない。

「ここにはそういうものはいないんじゃないか」

と誰かが呟きだしたとたん本日の先生、玉置さんと雑魚釣り隊員の榊原が同時に捕獲した。

「やっぱりいるんだあ」

こうなるとにわかに活気づくのが雑魚釣り隊のいつもの習性だ。

干潟のそこいらじゅうに筆が差し込まれ、なんだかちょっとした小さな小さな無名戦士の墓を俯瞰しているようだ。しかしその墓標があっちこっちでゆらゆら動いているんだから面白い。

この捕りかたは知る人ぞ知る、というやつのようでまわりでクワやシャベルを持って表面を削っている人が結構いる。

子供も慣れてくれば捕獲は楽しいだろう。そのあと別動隊がマテ貝取りにでかけた。これも干潟のはずれ、潮の引くすれすれのあたりで表面を一〇センチ前後掘ると穴が見つかる。今度は塩を振りかけるだけだ。

塩を穴のまわりにまくと穴からビックリ箱のようにマテ貝がぴょこんと飛び出してくる。この飛び出しかたがかなり笑える。

塩によってマテ貝がどうしてそんな反応をするのかの理由はこれからしらべておくとして、垂直に飛び出してくる干潟の小さなロケットのようでもある。飛び出してきたやつの胴体を軽く摘んでバケツにいれる。たったそれだけのことなんだけれど、このマテ貝、以前は東京湾の干潟中にいたらしいが、いまは生息場所が限られている。

親父十八人がこうして午後一時ぐらいまで空腹を忘れて潮干狩りができるんだからたいしたものだ。

恐怖の海浜リゾート

せんだって海浜リゾート地でいきなり腹痛がきた。和洋折衷のどうでもいいような店で昼食をとって三十分ぐらいのときだったからしばし高速回転で今しがた食ったものを思いだした。海鮮丼というものを食べたのだ。

その海鮮丼なるものの具を思いうかべると、大量ではないがイカや鯖(さば)が入っていたような記憶がある。イカ、鯖＝腹痛ときたらアニサキスではないか。

毎月、どこかしらに釣りに行っているからイカも鯖もお馴染(なじ)みだ。魚のさばきかたのうまい友人が手早く包丁をいれているのをよく見ていたし、アニサキスの現物も見ている。

やつらは普通はわた（ハラワタ）にいるものだが最近のアニサキスは図々(ずうずう)しくなって肉の部分にまで進出しているのを見て気をつけねば、と思ったものだ。ご飯粒一つから二つぐらいの大きさで注意しているとよくわかり包丁で簡単に取りのぞける。

少し前までは酢〆にすると一晩で死ぬ、といわれていた。よしんばしぶとく生きていても、食べるときは包丁で刺し身状態に切っていく。このとき真っ二つに切られればそれでカタがつく。包丁で切られなくても食べるときの咀嚼でこなごなにされるからまあ問題はない、といわれていた。

ところが少し前の新聞で酢〆にした鯖からアニサキスにやられた、というニュースを見た。

まさかその人は酢〆の鯖にいきなり噛みついたわけではなく包丁で刺し身状に切られたものを食ったのだろうが、包丁で切る方向に沿ってアニサキスがいて、食べるほうもあまりよく噛まないでのみ込んでしまった、という稀にみる偶然で、アニサキスは胃のなかに無傷でたどりついたのだろう。

ああいう生物が胃のなかに入ってくるとその異物と対抗するために胃酸が大量に分泌される。アニサキスはその胃酸攻撃にシチテンバットウ状態となり、胃壁に噛みついて穴をあけて脱出しようとするらしい。この噛みつきが人間にとってはとてつもなく痛いようなのだ。以前、北海道で鮭のちゃんちゃん焼きをやっていたときに相撲取りぐらいのいかつい大男が脂汗を流して苦しみはじめたのを見た。人間のほうがシチテンバットウ状態になっていた。すぐに救急車が呼ばれたが、到着するかしないかという時に、ケロっと痛みが消えてあっけなくもとの大食い状態に戻ってしまった。救急車を呼んだほうとしてはいささかバツが悪い。

そのときそばにいた地元のヒトが、今この人の胃酸がアニサキスを殺したんですよ、と教えてくれた。

それにしてもあんなに苦しむとは。

そのとき思ったのが、もしアニサキスが胃壁を破って胃の外に出てしまったらどういうことになるのだろう? という怖い疑問だった。人間のイブクロがアニサキスをとらえておくフクロになっているわけだから、そのフクロに穴をあけて人間の内臓にもぐり込んでしまったらアニサキスを体内に宿した恐怖のアニサキス人間となってしまうのだろうか。

ところでにわかに腹痛を感じたその日のぼくのほうの話である。頭のなかでさきほど食った海鮮丼にアニサキスがいてそれをよく咀嚼しないでのみ込んでしまった、という最悪の事態が頭にうかぶ。まもなくシチテンバットウの痛みが襲ってくることになる筈(はず)である。

どうするか。一緒に来ていた仲間に言ってまずは病院を探してもらうか。そうしてクルマでそこにむかう準備をしておくか。

しかし、ぼくの胃はシチテンバットウまではいかずシチはおろかロクぐらいにもなっていない。胃から下腹のほうが重く痛い。

まもなく、これはアニサキスとは関係なく単なる胃痛かもしれない、と解釈していった。この種の痛みはトイレに行って腸に溜まっているものを出してしまえばいいぐらいのものだ。そういうふうに理解していった。

それならば今、めしを食ったその店のトイレに行っておけばよかった。さらにその日は朝が早かったので家でトイレでさっぱりしてくるのを忘れていた。

人間というのは面白い、というか単純なもので、そう思うといちどきに便意というものがイキオイを増してくる。問題はもっと単純なコトだったのだ。

トイレを借りに今の店にもどるのもナンであるからそのあたりにある公衆便所を探すのがいい。リゾート地であるからきっとすぐ見つかるだろう。

腹痛の原因がわかってくるといきなり気が焦ってくる。どうもわが目は血走ってきているようだし下腹部がどんどん緊迫度を増してきている。今までぼくが気がつかなかったのをわが下腹部がみんなして怒っている感じだ。トイレを探しているうちにどんどん状態はただならぬことになってきているようだ。

やがて海水浴客のための脱衣所のとなりにまごうかたなき目的のものを発見した。

「やれうれしや」

この安堵が実は危険なのだった。

目的の場所を発見したとたん、もう意識はやがてやってくるだろう「解放」の期待にうちふるえ、緊迫度は加速度的に高まってきている。といって早足は危険なような気がする。つまずいて倒れたら取り返しがつかなくなる最悪の可能性もある。視覚神経から下腹部へ「おい、いよいよだぞ。よかったなあ」という体内通達が行っているのだ。

不安があった。はたして個室がひとつでもあいているだろうか。これは恐怖に近い新たな問題だった。こういうときに限ってみんなふさがっているのだ。世の中は法則でそういうコトになっているのだ。おまけに個室があくのを待っているオヤジが一人いる。最悪の予測が実現していたのだ。さらに四つある個室はどれもシンとしている。みんな長期戦になっているようだ。わが額のあたりに脂汗らしきものが浮かんできているようだ。これだったらアニサキスのほうが良かった。

人間ドックの安堵と不安

毎年誕生月の翌月、ほぼ一日がかりで人間ドックの健診を受けている。今回で十回目だから十年間生きてこられたのだ。

けれど一年間のあいだにどんな病気がわが身の内におきているかわからない。

自宅からクルマを運転していき駐車場に入れるが、そのときいつも思うのは「果たして帰りにまたこのクルマを運転して自宅に帰れるかどうかわからないよなあ」という一抹の不安だ。

検査でいちばん嫌なのは胃カメラだが、あれは検査している最中に自分の咽頭から食道、イブクロまでモニターで見ることができる。怪しいものが見つかれば検査技師の操作するカメラの先端がそれをとらえ「ん！」などという声をだしたらそうとうに心臓に悪い。検査をはじめる前に、怪しいものが見つかったら組織を切り取ることがあります、その場合、今夜のお酒は控えて下さい、などという注意をうける。

一昨年は悪名高いピロリ菌が見つかり、そのあと正月の一日から十日までピロリ菌除去をした。これは自宅で自分でできるもので一週間分のかなり強い抗生物質を毎日飲み、その前後ふくめて十日間は禁酒である。

駆除率八五パーセントと聞いたから失敗の一五パーセントもまだあるわけだ。

ピロリ菌の残党がいませんように、という祈りにも似たような思いで自分のイブクロの映像を見るが、ピロリ菌そのものは電子顕微鏡レベルでしか見えないし、胃壁のヒダヒダになにかが見え隠れするような映像はない。

胃炎のあとが焼け跡のように生々しく映っている。ピロリ菌の荒らしたあとです。検査している医師がおしえてくれる。

じっくり診てもらって大体十五分ぐらいだ。むかしは口から飲み込んでいくのが殆どだが、今はあの独特の嘔吐感がない鼻の穴から入れていく細いグラスファイバー検査管があり、それでやってもらった。検査中に医師と会話できるので鼻腔のあたりのちょっと曲がりくねったところを通過してしまえばあとはずっと楽だ。ただし口から入れるのと鼻の穴から入れるのでは八倍の口径の差（もちろん口からのほうが太い）があるので映像の精密度では口から入れるほうがより鮮明という。

おわって要所要所の写真を見せてもらう。ピロリ菌の残党がいるかどうか聞いてみたが目で見えるわけではないから後日詳細な検査結果を、という回答だった。

次に嫌なのはＭＲＩだ。

どういう仕組みになっているのかいまだにさっぱりわからないが、仮面のようなものをかぶらされて大きな機械の穴の中に頭からずずっと入っていく仕組みほど、閉所恐怖症気味のぼくにとって恐怖的なものはなかったが、時代とともに頭から胸のあたりまで機械に入っていく時間がだいぶ少なくなってきたので、もうむかしほどの恐怖感はなかった。

それにしてもあの検査機械の中に入ると中からいろんな音がする。太鼓のようなもの、笛のようなもの、回転ノコギリのような音。どうも連想はみんなしてわが頭を輪切りにしておまつり騒ぎをしているような気がしてならない。これも十五〜二十分で終了。ごく普通の神経の人はあの中に入っているあいだ眠くてウトウトしてしまう、というからうらやましい。

いつも嫌だなあ、と思っている検査から書いていってしまったが、その前に小便、検便（あらかじめ採取して持参する）、血液、聴覚、視力、肺活量、内臓のエコーなど身体検査的なものがあり、午後に医師から個別に検査結果（わかっているもの）についての説明がある。実はこのときがいちばん重要なのだ。

電子カルテにはこの十年間の各項目の数値変化がひと目でわかるように記載されている。「問題箇所がこれこれあって急ぎ精密検査をする必要があります、本日このまま検査入院してもらいます」などと言われたら、今朝がた頭のなかにチラリと浮かべた「もしかすると本日中にこのクルマで帰宅できないかもしれないなあ」の不安が的中してしまうことになる。

医師の総合診断は、酒の飲み過ぎが影響していると思われる肝臓の要注意値、尿酸値の上昇という昨年いわれたのと同じことが再度指摘された。

結果的には「無罪」とまではいかないが「執行猶予つき有罪判決」というところだった。

外は真夏のギラギラ太陽の下である。駐車場のクルマの中にそのまま入り込んだら全身からの汗噴出による体内水分瞬間枯渇症などというものによって夕方には不審死体として発見されるだろう。

まずドアを全部あけてなかにこもった熱気に風をとおし、それから冷房をマックスにしてしばし木陰に身をかくす。

それから自宅にむかった。

頭の中には「まあまあよかったじゃないか」という「まあまあ」の神さまの声と「ま

ああ認知できない
右折禁止
なにぶん老人なので…
お酒もやめたら
もうシニアだから免許証返納したよ
P
30
50

だまだ時間をかけて診断される重要項目がある」という「まだまだ」の神さまの声が錯綜している。

体内組織を切除されることはなかったから、今夜もちゃんと飲めるじゃないか、という「ちゃんとちゃんと」の悪鬼の笑い声がこだましている。

そうだ。毎日、どんなことがあってもビールその他を飲んでいるわが自堕落人生としては、とにかく今夜は執行猶予をしみじみ祝えるじゃないか、という明るい展望がきらめいてきた。

ふだん通らない混み合う道路をいくのでちょっと考え事にとらわれているとクルマの運転があぶない。みんなこの暑さで気がたっているようで、けっこうとんでもない割り込みなどをしてくるコノヤロウのクルマがある。

あと二年すると七十五歳だ。その二年間、やはりぼくは夏になると同じように自分でクルマを運転して、あのいろんな検査をうけ、落ち込んだり喜んだりしていられるのだろうか。

ある朝いきなり熱中症だった

連日重苦しい暑さが続いている。ぼくは毎日、自宅でずっと原稿仕事をしていた。夜中に、全身の不快感で目が醒めた。午前三時ぐらいだったか。サケを飲んで寝ているからとにかくトイレに行ってみるか、と思いベッドに腰掛けて立ち上がろうとしたが、どこがどうなっちまったのかうまく体を起こせずベッドに腰掛けられない。階下に寝室のある妻は本日どこかの地方に行っておりそこで一泊だ。助けはいない。

そんな体験ははじめてだった。ベッドから脱出するためには下にすべりおりるしかない。

それは重力が味方してなんとかできた。

さてそこ（床）から起き上がろうとしたが、やっぱり体を起こすことができない。なんだこれは、意識があるカナシバリか。しばらく天井を見ながらいろんなことを考えていた。しかしずっとそのまま横たわっているわけにもいかないから、体を横にしてベッドの脚をつかみ、なんとか上半身を起こした。

自分はいったいどうしちゃったのだろうか。頭の上に沢山の?マークを踊らせながら長い時間を使ってなんとか立ち上がった。

ぼくの寝室は三階にあり、トイレは二階だ。普段はあまり使わなくてすむ本箱とか階段の手すりなどを頼りに階下におりた。全身が重苦しく不快感に満ちている。用をすませたが、帰りがまた一苦労だ。手すりにしがみつくようにしてとにかく一歩一歩上っていった。なんだか真夜中に孤独な登山に挑んでいるみたいだ。

なんとかベッドにもぐり込んだ、それができないと自分の人生どうなってしまうのだろうか、という不安があったが、いまの階下のトイレに行って戻ってくるだけでそうとうなエネルギーを使ってしまったみたいで、まもなく息をひきとるように睡眠に戻っていったようだ。

朝、目が醒めても全身を覆う不快感は真夜中のものとたいして変わらなかった。ただしベッドの裾のほうから脚を出してとりあえず体を起こす、ということはできるようになっていた。だいぶ寝てしまったようだ。ノソノソ立ち上がり十分間ぐらいかかって汗でぐしゃぐしゃのパジャマから普段の服に着替えた。

食卓のテーブルに朝食の支度がしてあったが食欲はない。

「ハッ」と気がついた。今日は二本の原稿を送らねばならない。なにはともあれそれを事務所に届けねば、と思った。

下駄をはいて道に出る。なんだか全身がフラフラし、下駄がいつもの三倍ぐらい重い。事務所にはあかりがなく、まだ誰も来ていないようだった。めったにやらない二重ドアの鍵をあけるのに十分間ぐらいかかった。

とにかく原稿の入っているフロッピーを置いて、すぐに家に戻ることにした。

フラフラはもっと強くなっている。なんで事務所に誰もいないのかな、などと考えるがよくわからない。これは風邪かもしれない、と思いながらさらにフラフラ家への方向に歩いた。どうもまっすぐ歩いていないみたいだ。小さなクルマにビビーッなどと背後から脅される。

家にたどりついたときは長い旅から帰ってきたような気分だった。風邪薬をさがして飲む。ついでに体温を測った。どうやら三九・五度あるようだった。現代の体温計は三秒ぐらいでピピッと体温を測ってしまう。慌てて解熱剤も飲んだ。

その頃になって時間はまだ九時をすこしすぎたところだとわかった。十時にはじまる事務所に誰もいないわけだ。起きたときから頭がボーッとして、時計さえ見ないで気ばかり焦って原稿を届けに行ったのだった。

そのまま力つきるようにしてベッドに倒れ、また眠った。どのくらい寝たか、妻から電話があってふにゃふにゃ語で目下の異常な状態を話した。彼女は「それはもしかすると熱中症じゃないの。ゆうべクーラーとめて窓からの風で寝るなんて言ってたから危ないなあと思っていたのよ」などと言い、とにかくたくさん水を飲むように言われた。妻は主治医のところに電話していろいろ聞いたらしい。そうして帰宅し、ぼくの息も絶え絶えの様子を見て、また医師に電話した。

「どうやら熱中症に間違いないらしいわ」

断定的に妻は言った。

「どうしていたらいいのれすか」。はじめての熱中症体験だった。老人だからそういうことに気がつかない。熱は三九度に下がっていたが思考能力というものがなくなってきているような気がする。食欲はまるでないが、家に常備してあるOS－1という水を沢山飲まされた。とにかく安静にして暖かくして水分をとっているしかないらしい。気が緩んだか不思議なことにまだ眠れるのだ。

次に起きたときは三八度になっていて体は相当楽になっていた。よく考えるとその日は、夕方六時から新宿の居酒屋で最近ぼくの書いた本について新聞社のインタビューと、その本の出版社の担当の人五人との打ち合わせがある。大勢の人のスケジュールをその日に合わせてもらっている。アタマの働きが少しなんとかなってきたようなのでまたもう一眠りした。眠るたびに体温は下がりやっと三七度になっていた。妻に「全快した。風邪じゃないから回復も早い」と言って、いささかの反対を押し切って新宿に行った。取材は一時間。出版社の人との打ち合わせになったとき生ビールがまったく飲めなくなっていることに気がついた。

「午前中は熱が九五度あったんだよ」

「ええ！　それじゃもう骨になってますよ」

「あっ、違った三九度五分」

「それにしても大丈夫？」

「平熱になったけれどビールが飲めない」。これは一大事である。「熱中症になったらとにかく水を飲んで寝ていることですね」。ぼくは経験者としてエラそうに言った。悔しかったけど。

東京で一番うまいさかなあります

いよいよ夏のさかり、というかこれが出る頃はもう土用波がたっているかもしれないが、東京に住んでいてむかしから思っていたのは名称に「伊豆」が入るけれどレッキとした東京都に所属するすんばらしく美しい島がいたるところにあることだ。

行ったことがない人は「東京湾の島か、汚なそう……」などというが、高速道路の行きも帰りも連結してじっと張りつけられている渋滞をひたすら我慢して往復六時間なんて時間をかけて房総や伊豆に行って海の水より多いヒトの数を見てゲンナリして帰ってくるからだ。

嘘みたいに簡単に「美しすぎる」東京の海に染まることができるところを紹介しよう。知られているようで案外忘れられている調布市にある調布飛行場から新島、神津島を結んでいるヒコーキを利用するのだ。

むかしぼくは武蔵野に住んでいたので、ちょっと時間があるとこの申し訳ないくらい簡単で近い航空ルートをつかって「おお！　これも東京湾なのだ」という海を眺めてきた。いや同時に潜ってきた。その獲物を刺し身にして、島の名産の焼酎を飲んできた。

どちらの島もヒコーキに乗っている時間は四十分前後なので、とにかく話が早いのだ。たとえば前日の夜に「そうだ明日島に行ってみっか」といきなり思いつく。知り合いの船宿に電話する。週末は避けたほうがいいが試しに、などといって電話するとヒコーキも宿も簡単に予約できたりする。

翌朝、自宅から飛行場までクルマで二十分だ。

こういうローカル飛行場のいいところはナントカパーキングビルなどというでかい建物なんかなく駐車場は「ひら地」で、トランクから荷物をだしてそのまま飛行場事務所に徒歩三分ぐらいで行けてしまうことだ。

ヒコーキは二十人前後乗れる。まあこれもロビーには搭乗客ぐらいしかいないから、さして混雑もないまま気がつくともうヒコーキの中、海の上だ。

アメリカ映画などで地方の空港から飛び立つとき、乗ってきたクルマをそこらに乗り捨ててきわめてスピーディに目的の地に飛んでいってしまう、なんて場面をみるが、それとほとんど同じことが日本でもできるのである。

島はいい。

ぼくはいまから四十年ぐらい前に友人に八丈島につれていってもらったのが伊豆七島とのつきあいのはじまりだった。

島の人はよそからやってくるお客が好きだ。そのときなど案内された家の庭に大きな筵が運びこまれ、とれたての魚の刺し身にトコブシにカメ（当時はまだ捕獲できた）に山菜、根まがり竹、里芋、伊勢海老などが並び、そのうち大きな八丈太鼓がもちだされてきて焼酎の乾杯の繰り返しでそうとう酔った島の人が八丈島の民謡をうたって踊って、まるで龍宮城とはここのことだったかいなの大宴会が朝まで続いた。

この島にはすくなく見積もって八十回は行っている。それいらい伊豆七島の全部に行ってみよう、と計画したのだった。その結果、なんとわが家から一番近い島は新島と神津島であることがわかり、大勢で行かないときは一泊二日程度の別世界への龍宮旅を楽しんできた。

島に行くと内地にいてはまずもって食べられない「キツネ」という世の中でいちばんうまい魚が食える。これは「ハガツオ」なのだがカツオのふりしてマグロの中トロの味がするのである。つまりヒトをバカす。これがかかると築地などには行かず漁師やその親戚がみんな食ってしまう。運よくぼくは五、六度食ったがまさにマボロシの東京の絶叫もんの刺し身なのだった。

このほかにも伊勢海老とりの専門家のところに行くと「いや」というほど伊勢海老づくしになる。なにしろ一人につき三〇センチ（ヒゲはいれず）のを三匹ぐらい食わねばならないのだ。冬場はこれもマボロシの「オナガ」というメーター級の、もの凄くアブラののった魚に出あえる。白身の巨大なマグロという感じでたまりませんよ。

それから、いつも東京のヒトはオロカだなあ、と思うのは本格的なクサヤを食べられないことである。東京でもときどき「クサヤあります」なんて店があるけれど、素材はよくても焼き方がまったくダメ。アジのヒラキのつもりで裏オモテこんがり焼いてしまう。それではクサヤのうまさは一生わからないでみんな死んでいくんだ。あれは「川は皮から海は身から」の基本を無視して皮のほうから焼く。そうしてかすかにじくじくいってきたらヒラキ側を二〜三分焼いてそれをアチアチといいながら手でむしって食べるのである。

日本中のサケの肴でこんなにうまいものはない、とぼくは思う。

釣りも東京湾の堤防ではなんでも二〇センチクラスがいいところだが、いつだか新島で七人で六〇センチクラスのサバを五十本ほどあげたことがあった。船をだしたわけではなく堤防からぶっこぬいたのだ。このときおれたちはサバの入れ食いに全員でパーになってしまって「サバダバサバダバサバダバ……」と叫びまくっていた。

三本ほどヅケにして三本ほど刺し身にした。釣りたてのサバはアニサキスも元気がいいからよくわかり、まだみんな内臓にいるときだから刺し身にオロスときも取りのぞくのは簡単だった。

そして、ヅケはノリマキにして一本丸ごと食ったが、あれが島釣りの醍醐味だった。神津島ではムロアジの大群と遭遇し、こいつはアシが早いので東京では築地にも出てこないようだけれど、つくづく「島の味だなあ」と感動しましたよ。

魚じゃないがこれからうまくなるのはパッションフルーツだ。手で握れるくらいのサイズのやつを枝からもぎとって頭のほうをナイフで切る。指を突っ込んでやわらかい種とそれをかこむオツユをそのまま飲むともうとまらない。島の人の真似をして焼酎をいれて飲んだらますますとまらなくなった。

夏はクサヤだ
捻挫ですね
バーローです
この人すぐにヘリコプターを呼ぶんです
騒ぐな
島をなめていますね。

オサカナとの会話のほうがいい

八月の中ごろ、岩手県陸前高田（りくぜんたかた）の古い知り合いとヒラメ釣りに出た。高級魚であるヒラメは餌もあらかじめ捕獲しておいたイキのいいイワシをつかう。それぞれ釣り師一人あたり三十匹ぐらいにわけられたのがすばしこくバケツの中を泳ぎ回るのを捕まえる。生きているからしっかり摑（つか）まないとスルリと逃げる。頭をしっかり押さえるとイワシは自然に口をあける。その中に針を差し込んで頭の外側に針先が出るように突き抜けさせる。

口から入れられたハリが脳天から突き出てくる、というのもひどい話だが、そんなことされてもイワシはまったく変わらず（か、どうかはわからないが）相変わらず元気にバケツの中を泳ぎ回っているから本人は気がつかないようにも見える。イワシ語で本当のことを聞いてみなければわからないが。

この十年、いろんな魚を釣ってきたが餌もちがうし、釣り方も餌も狙う魚によっていろいろだ。このヒラメのように生きた小魚を餌につかうのは大物魚が多い。釣り方も生き餌の中に隠した針で釣る、という騙し作戦が多い。釣るほうは海の中を餌の魚が元気でおいしそうな状態を装って竿をいろいろ動かし、蠱惑的に狙いの大物を誘うのである。まあある種の会話である。

盛り場の夜、そこらの街角に立って「客」という獲物の関心をひいてウッフンなどと言いながら獲物を狙うヒラヒラドレスのお姐ちゃんと一緒である。

「いい娘いるわよ」などと低い声でササヤき、シナを作る。

あれとほぼ一緒である。もっとも釣りが難しいのはそういう会話を針先の餌の動きを調節する、という「オサカナ会話」を慣れや経験をまじえていろいろ工夫して会得するしかないことだ。「会話」という人間界最大の「誘い」や「騙し」のテクニックがまったく使えない。そうであっても熟練の釣り師は竿の先の、さらにミチイトの先の針を隠し飲んだ餌の魚をアレコレユーワク的に（サカナの）鼻先にひらひらさせて、獲物の関心を得て釣り上げるのである。

この海中の獲物とのやりとりが面白い。海中で無言の会話が交わされるのである。

でも釣りのハナシはこれでおしまい。

予定より小さいがぼくにとってはまあまあのレベルのヒラメを仕留めて盛岡から新幹

線で東京に帰ってきた。数日間原稿仕事から離れて大きな海のような海原（いや、まさしく海だったけど）を相手に無言のやりとりにとりあえず成功し、あとは眠っていくだけである。予定より早くモノゴトが進んだので新幹線も早い時間のに変えた。

しかし、ここでやや失敗した。ぼくのようにひさびさ都会から離れて、海の上でずっとオサカナの気持ちだけを考えていたものには予想のつかない、日本独特の「夏休み兼お盆帰省」の人間の群れに遭遇しそこに混入しなければならなかったのだ。魚の群れならこの上ないのだが……。東京に生まれ、東京で暮らしているぼくは「帰省」の体験はなくそのヨロコビと、満足した帰りの疲れ、というのを知らない。

ぼくの隣に座ったかなり汗かき系のおばさんはホームまで見送ってくれた家族、あるいは親戚にちぎれるように手を振ったあと、自分の座席に座り、まあ満足の疲れなのだろう、やがてあっけなく眠ってしまったが、相当に疲労していたらしくぼくのほうに全面的によりかかってくる。いろいろ複雑な香水の匂いが近接地帯から複合臭となって襲ってくるのだ。五十歳ぐらいの太ったおばさんだった。いつまでもその人の安眠の「支え」になっているわけにはいかず、やがてできるかぎり距離をとって自分の座席の反対側にニゲタ。

大勢の帰省客でごったがえす東京駅に到着。コンコースはまた人間だらけだから丸の内（うち）のサラリーマンぐらいにしか知られていない「日本橋側」の改札口からすいている外に出た。ここは観光客は殆ど知らない秘密の閑散としたルートだ。そうしてやっと家に帰ってきた。なんと東京は晴れていて本当の夏になっていた。

洗面所で汗まみれの服をぬぐ。あの濃厚香水のおばさんの臭いがする。爽快なシャワーにうめき、乾燥したシャツに着替える。ひとつの人生のシアワセである。

一休みしてから渋谷にあるぼくの事務所に行った。下駄をはきサングラスをかけてのカラコロだ。ぼくは長年の野良犬的野外旅で太陽を浴びすぎ目医者から曇天でも常に紫外線をさけるために色の薄いサングラスをかけるように、と言われている。

歩いていく途中、コンビニの前に、近頃よく走っているママさん自転車というのですかね、前後に幼児用の席のある自転車がとめられていて、後ろの席に五〜六歳の女の子が一人危なっかしく座っている。母親はコンビニの中にいるようだ。こういう風景を見ると危なっかしくて仕方がない。狭い道路の端である。走っているクルマがちょっとなにかのかげんでその自転車のどこかを引っかければヘルメットなしの子供は転倒してどこに頭をぶつけるかもしれないというその女の子の人生にかかわる問題がある。親はコンビニでほんのちょっとした買い物、と思っているのだろうが、こういう「ほんのちょっとした」ことが危ないのだ。コンビニの三分間と新幹線の十分間と違いはない。ちょっと迷ったが、自転車のそばに立って母親が出てくるのを待ち「こういう小さい子を自転車に乗せたまま、たとえ瞬時でも放置しておくのはとても危ないんですよ」とそのつり上げメガネの母親に言った。

母親は瞬間的に、何を言われているのかよくわからない表情をし、ぼくの言ったことなどまるで無視してとっとと逃げるように自転車に乗って行ってしまった。その母親から見たら自分の自転車のそばにサングラスをした大柄の男が立って何か言っている。これは危険だ、と判断しても仕方ないだろう。

「オサカナとの会話」を勉強しているぼくは都会の人間相手ではまるで無力なんだ、ということを知ったのだった。

サスペンストイレ

いまさら申しあげるのもナンですが、日本の新幹線の発着時間をはじめとした正確無比な仕事ぶりにはいつも感心する。ヨソの国に誇れるコトのひとつであるのは間違いないだろう。

乗客のマナーも非常にいい筈だ。たとえば通路などにゴミひとつ落ちていない。中国の鉄道などと大違いだ。中国で窓が開閉できる長距離列車に乗ったことがあるが、乗客はゴミなどその窓からごく普通にぼんぼん捨てていた。なにかの食べ物のパッケージなんかもじゃんじゃん捨ててしまうから、あの時代の列車を遠くから見ていたら、あちこちの窓からびゅんびゅんゴミが捨てられていくのが見えたはずだ。また沿線によってはその捨てられたゴミからなにか見つけようと狙っている子供たちなどがいて驚いたことがある。

列車のなかでタバコを吸っている人はごくごく当然の光景で、夏だと窓を開けている場合が多いからいいが、冬の厳寒期などは列車の中にタバコの煙が小さな雲のように浮かんでいて車内を見渡せなかった経験がある。

そんなことを思いだすと窓を閉め切ったままの今の新幹線（特急などもそうだが）はクーラーや暖房がよく効くこと。今の季節は効きすぎて寒い場合も多い。車内の禁煙も徹底していて、座席に座ってタバコを吸っている人などまず見ない。

それで思いだすのがひとむかし前の新幹線の記憶だ。ぼくは三十代半ばまでタバコを吸っていたがやめてみるとわかるのが、タバコの煙が非常に嫌なことだった。勝手だね。

あれはもはや遠い思い出になってしまったが、ひとむかし前の新幹線はひとつの車両で喫煙席と禁煙席と分けていた時代があった。両方の席の間にはカーテンなどの「しきり」はなかったからタバコを吸わない人がその境界の席になってしまったらなんの意味もないことになる。男と女のしきりがない露天風呂で右が女、左が男、などと言われているようなものだ。まあそっちのほうはいいですけどね。

インドでは各車両の出入り口の適当な場所につかまって、体を外に出している乗客がけっこういた。なかが満員、というわけではなく冷房装置などまずついていない列車が多かったから、そうやって「風冷」で体を冷やしていたのだ。見ているとけっこうオソロシイ風景だったが、羨ましくもあった。

ミャンマーでは貨物列車にも乗客がいて、さらに屋根の上にも乗客があぐらをかいたり寝そべったりしているのを見た。体を支えるものは何もないから居眠りしてころがり落ちる可能性も十分あった。ミャンマーの人はみんな度胸があったのだろう。

子供だったけれど車両の屋根から立ち小便をしているのも見た。さすがに父親らしき人が両手で子供を押さえていたけれど、子供の小便が霧のようになってその後ろの天蓋のない貨物車両の乗客のほうに降り注いでいるのがおかしかった。ぼくはたまたまそういう列車と並行して走っているクルマのなかから見ていたのだが、両者のスピードが違うのでそのあとの展開がわからなかったのが残念だ。

中国の列車では連結のところに座って大便をしている男を見た。その頃の中国はなんでもアリで車両間を通過していく他の乗客もこともなげだった。

理由の一端はわかるような気がした。その頃の中国の車両のなかの便所は専門の掃除人がいて、なにかに腹をたてると外から鍵をかけて便所に入れなくしてしまう意地の悪いのがけっこういたのだ。日本もむかしはそうだったが大小便は便器から外にそのままタレながす方式なので駅につくと掃除係の人はまたもや鍵をかけて誰も使わせないようにする。そうでないと、その列車が去ったあとにはあちこちに大便が落ちている、ということになる。

だから中国の乗客は駅の便所に殺到する。順序よく行列をつくるなどということはしないから便所の前で押すな押すなのタタカイが繰り広げられる。気の弱い外国人などはたちまちはじき返されてしまう。クンミンというけっこう大きな駅でぼくは下痢状態になっていて苦しんでいた。押すな押すなのタタカイの順番を待っている余裕はない。そこで思いついたのはそういう大きな駅では職員用の便所がかならずある筈だ。たいてい駅の横のほうにある。臭いでその場所はすぐにわかった。洞穴のようなところで電灯などもない。けれどこっちも必死だからどんどん入っていった。幸い誰も先客はいなかったので、薄暗いなかでも足場はすぐに発見でき、ことなきを得たのだった。

ところが落ちついてみると誰もいないと思ったその洞穴便所になにかの生物の気配がする。便所の内部全体がゾワゾワ動いている感じなのだ。うす暗闇に目が慣れてきてその正体がわかった。なんとその洞穴便所の床といい壁といい天井までウジ虫だらけだったのである。それらがみんな少しずつ動いている。

どうりでさっきここに入ってくるとき靴の下がヌルヌルして滑るな、と思ったのだがその原因を知らないでいたほうがよかった。

新幹線の話に戻るが、日本の列車便所はつくづく綺麗で感心する。行き届いた掃除。日本の技術が誇る真空吸引式ハイテク装置。

世界一といっていいだろう。

クルマ椅子の人も楽に入れるように大きく作られている。あれはなんというのか、半回転式ドアの緩慢ぶりはちょっとした不安感をもたらす。なにかの投書で読んだのだがドアの「閉じる」というボタンを押すとゆっくり半回転して閉まるが、あのシステムをはじめて使ったどこかのおじさんが「鍵をかける」という最後の手続きを知らず、便座に座っていた。そこに新たな人が入ってきたというのだ。両者の目と目があう。息詰まる展開だ。新たな人がやはりおじさんだったらしいから、まあよかったが、ありがちな当惑場面だ。もう少し操作をわかりやすくする方法はないのだろうか。

楽しき人生はいつまでも続かない

日ごろの釣りやサケ飲み仲間と二泊三日の船旅をしようと計画していたら、いきなり台風が現れた。三〜五日前には気にもかけなかったノロノロ迷走台風だったが、我々が出発しようとすると急にこっちに方向をあわせさらにスピードをあげた。わざとやっていると言わざるをえない。台風はそういう機会を待っていたのだ。たちまち欠航が決まってしまった。数日先まで出航の予測がつかないという。

我々は三十〜四十代が五人。七十代が二人。この秋のはじめの釣り旅は大物釣りに賭けていたので今回の欠航の落胆気分は大きかった。

家でぼんやりしていても仕方がない。どうせ全員その期間は体があいているので、ここは釣りは一切あきらめて我々はめったにやらない親父チームの温泉旅行に行こうではないか、という方向に話はどんどん進んでいったのだった。

ただし方針が決まったのは行く前日。しかも週末。果たしていきなり親父七人を受け入れてくれる温泉旅館などあるのだろうか。

四十代の若いやつ（我々のなかでは）がパソコンをチャカチャカやると、いまは便利な世の中ですなあ。要求にかなういくつかの〝物件〟が出てきた。湯河原で三人部屋と四人部屋があいていてそこがいちばん近い。おおよかった。

とりあえず旅の荷物はもうできている。旅館だから持っていく必要のないものをどんどん省いて軽装になった。

船が出ないくらいだから天候はあまりよくないが、こっちだって宿に着いてもあまりやることはない。こういうさして方針のない旅というのもまた気が楽でいいものですなあ。

さして期待もしていない宿だったが一万三千円で、夕食、朝食つきだからまあまあだろうか。おれたちは数人での小さな旅というとクルマにテントを積んで、好きな海岸に行く、というスタイルが多いので一泊で一万三千円もするなんて高すぎる、とブツクサ言ってるやつがいる。でも旅館だとテントをたてる手間もいらないし、焚き火の薪をあつめてくる必要もない。めしだってむこうが作ってくれるんだぞ。頼めば布団も敷いといてくれるんだ。まあ旅館とはそういうもんだ。文句ないだろう。誰かが言った。

「ウーム。でも焚き火用にそこらの流木拾っていきたいなあ」

海岸道路を走っているときにそいつは未練がましく言う。

「だから今日はいらないっての。向こうはガスでごはん炊いてるの」というような不毛の話をしているうちに一時間半で到着した。ごくごく普通の旅館。思えば毎月一回、どこかの海岸でキャンプしているおれたちがこういうところに泊まるのは久しぶりだ。築五十年はとうにすぎているようだ。玄関にズラッとスリッパが並べられている。これは使いだして二十年ぐらいの貫禄（かんろく）だ。

やはり観光客がいっぱいいる。高年齢の団体と家族連れが中心だ。受付カウンターのスーツ姿の人の説明がやたらにくどく、こまかいところまで紙に書いたのを改めて目の前で読んでくれる。

「タオルの小さいのは記念にお持ち帰りできますよ」。あんな使いすぎでガサガサになった薄手のタオルを持って帰ってなんの記念になるのだろうか。あっ、そうか。昭和のむかしはこんなタオルを使っていたのだなあ、と懐かしむためか。

むかしの旅館、ホテルと今のとで決定的によくなったのは旅館やホテルの各部屋にカラの冷蔵庫があって客は簡単な食べ物や飲み物を自分で持ち込めることだ。

それ以前はひどかった。持ち込み禁止が多かったからカンビール五〇〇ミリリットルがひとつ八百円なんてところがあった。ホテルのルームサービスで記憶にあるのは大手だったけれどカレーライス一皿三千八百円というのがあった。ビーフカレーだったけれどやたら大袈裟（おおげさ）で食い物よりも食器や調味料の器のほうが立派で大きかったりした。しかし、そんな暴利は結局通用せず、今のようになんでもどうぞ式になってきたのだろう。コンビニの発展も大きかった気がする。

まあとにかく落ちつくところに落ちついた。型どおりまず温泉に入り、少し早めの乾杯をする。友人、仲間との旅はこの時間が楽しみですなあ。ビールは近くのコンビニから持ち込んだやつ。ウイスキーも日本酒も焼酎もある。そうしてずんずん酔っていってやがて夕食の時間まで飲んでいたから、もうそこで出来上がっていた記憶もある。そういう無目的な宴会というのがまたいいんですねえ。

けれど人生は楽しきことばかり続くわけではない。翌朝、若いのが運転してくれるので七十代は後部座席で眠っていった。まだ楽しきことは嬉（うれ）しきかな、なんて気分が残っている。自宅に帰ると妻は出かけていて昼食の時間だった。まだ前日までの気分は残っているから、冷蔵庫にある肴になるものをひっぱりだしてビールにワインという連続になった。

すると眠くなってしまった。

ここまでが「人生のしあわせ」篇（へん）で、そのあとが「人生の悲しみ」篇になる。

なんだか持続する痛みで目が覚めた。しあわせな眠りをさまげたじゃない「さまたげ」たのは足の踵(かかと)の強い痛みだった。そんなとこ打った記憶はないし、この強烈な痛みはタダゴトではない。すぐに痛みをこらえて立ちあがろうとしたが、人間というのは知らず知らずのうちに自動調節バランスみたいなもので日ごろ動いているのですな。片足のカカトが痛いだけでなかなかうまく立ちあがれないのだ。

これはあきらかに「痛風」の痛みだな、ということを自覚、および確信した。

思えば先月の人間ドックで「尿酸値」が急速に高くなっています。痛風に注意して自己管理してください、と言われたばかりだった。

きのうの長時間の飲酒ではち切れそうになっている「痛風」許容のウツワに、家に帰ってからの昼サケが、ついに満杯の「痛風ダム」を破壊してしまったのだ。

あとがき

　さっきから二十分ぐらい机の前に座ってボーッとしていた。この本のあとがきを書こうとしているのだが感動的な小説を艱難辛苦(かんなんしんく)ヘトヘトになって書いたのとまるでちがう。本書を読んだヒトにはもうおわかりのように所詮は暴走作家がその週、その時間によって変わらぬ粗製濫造ペースで書いてきたものの「あとがき」だから書いてきた当方としては書く前になんの感慨もなく、書きおわったあとは貧弱とはいえ少しだけ思考して書いたものもあるので、もうそれ以上なにか書き加えることは何もないんだなあ。

　しかしそれにしてもセンテンスが長いんだなあ。言葉づかいも薄っぺらで恥ずかしいのだなあ。

　でも内容や質はともかく締め切りの前にちゃんと書いているのは事実であり、それについてはなめんなよな、まだ作家だかんな、という自負につつまれ、早く手を洗ってよーく冷えたドライマティーニなどをひと口ススリたい。というのは嘘でぼくはああいう高級カクテルなどまるで知識がないので、我が人生はドライといったらスーパードライどまりだ。

ドライマティーニを呑んだことはたった一回しかないのだがバーテンが横目でじっと見ているのを察知していたからグラスを持つ指先がフルエテしまったではないか。

もう人生、ここまでくるとあまり欲望というものはなくなり、新規発見の驚愕なんてのもとんとなくなってしまった。

でも、いま二つの小説誌にSFの連載を書いているので困ることがある。日々とんでもないスピードで科学は複雑系のものに変化しているから、そっちのほうの関連書はまだ読まなくてはならない。難しいんだよなあこれが。このあいだ漸く少し理解したのは「量子論」(!)のトバ口だ。量子と量子は何万億キロ離れたところに存在していても片方の量子がフルエルともう片方も連動してフルエル。これを「量子のからみあい」というのだが、なにか妙になつかしい語感だ。

ぼくが子供の頃は銭湯が全盛で、海べりの町だったので、風呂場はクリカラモンモンの漁師がいっぱいいいて、彼らはよそで呑んできた焼酎のイキオイもあってよく洗い桶(おけ)などで殴り合いの喧嘩(けんか)をしていた。これを「漁師のからみあい」と言った。ぼくは小学校の頃からホーキングの量子論に早くも触れていたのである。だからどうした？　と言わないでほしい。話はおしまい。今日はおれ疲れているんだ。

二〇一八年十月

椎名　誠

文庫版あとがき

コロナ禍のせいでこの一年半ほど自宅蟄居が続いている。時々小さな文学賞の選考会や、どうしても見ておかなければいけない取材案件や仕事の打ち合わせなどのために外出するけれど、宿泊するということはまずなくなった。

こっちも用心するし、宿泊を企図した先方も及び腰だ。事態はずいぶん変わってしまった。

自宅ではいくつかある連載原稿を書いたりこの本のような文庫本の校正仕事などをしている。この本を読んでいると、いまから四〜五年前のコトなんだけれどまあこの書き手（私のコトですが）はあわただしく、あっちこっちよく動いていること。あの頃はつくづくタフだったなあ、という感懐もある。行く先々でまあよく呑んでいるなあ、とあきれてもいる。

——と言いつつこのクソ暑い七月に出した新刊がよく売れていて、一番新しい本は今どきめずらしい二刷、三刷と増刷があり、新聞やネットなどの著者取材というのがいくつもあって、二〜三件つらなるとそのたびに半日ほどは必要なので出版社に行ってインタビューを受けていた。

終わるとお約束のように近所のビアレストランなどに行って担当編集者らと生ビールでカンパイだ。自宅での一人酒よりもおいしいし刺激的だから、これは楽しくこなしていた。

コロナワクチンはちゃんと二回打っているし、それよりも何よりも六月にコロナ感染し、しばらく入院していたので、もうこのあとの感染はない筈だ、と勝手に決めていた。

そうしてまあ話はこの本のあとがきだ。

あたり前だけれど、週刊誌エッセイは原稿締め切りが週一回やってくる。今思えば十年以上週刊誌二誌の連載をやっていたことがある。当然ながらシメキリは一週間に二回やってくる。プロとしてどちらも読者が楽しめるような話題を見つけ、面白く書いていかねばならない。

それにはどんな題材を見つけるか、という第一ステップが週に二回ある。さらに何年も続けているから、週刊誌によってある程度の路線というか固有のテーマというか色あいというか、会社でいえば企業カラーとでもいうようなものが必要になる。

企業といえば、作家もいろんなものを書いていると経営者のような存在になるから、書いていくものは〝製品〟である。

製品は消費者（読者）によって常にモニターされている。ちょっと手を抜くとクレームこそ突きつけられないが、シビアにソッポを向かれていくことになる。それが多数になり、さらに長きにわたると読者から作家はホサレていくということになる。

そういう厳しい経営環境にいるのだ、とわかったようなことをここでほざいているが、週刊誌にああだこうだ書いているときは、そんなコトにまったく気づかずにいた、というのが本当のところだった。

この本に収録されているのは『サンデー毎日』で二〇一六年から連載をはじめたエッセイである。その頃同時並行的に夕刊新聞二紙にも連載がはじまっていたので、毎週何か書いている経営者当方としては製品提供のリズムは変わらないような気分だった。

その一方で小説もいろいろ書いていた。小説となると書く原稿枚数もまったく違ってくるからいろいろな精神感覚も変わってくる。我ながらよく書くなあ、と時おり思ったものだ。

しかしこの八月に思いがけない事件が起きた。ぼくはワープロといういまや恐竜か！　と言われるくらいになった古代執筆機械を使って文章を書いている。正式名称はワードプロセッサーだ。その機械を三台保有していた。一台あたり残り寿命三年として三台で九年あればわが残りの人生をなんとか併走してくれるだろう、と考えていたのだが、その機械が三台ともいきなり壊れてしまった。いろいろ調べてもらったら、この夏の異常ともいえる暑さが原因のようであった。山口県のほうにこれを修理してくれる人がいる。そこに送れば一カ月ぐらいで修理してくれる（以前にも修理してもらったことがあるのだ）。

戻ってくるまではモノカキになった当初やっていた手書きで原稿を書かねばならない。

このダメージは大きかった。

原稿手書きなんて、すでに文字を書けるかどうかわからない。時間もいっぱいかかるだろう。

しかし今さらパソコンを習ってそっちに切り換える、というのもつらい話だ。

それにしても最後の三台がほぼ同時に死んでしまうなんて、自分のコロナ感染もふくめてもう時勢は「あんたこのへんで死になさい」と言っているような気がする。

この「あとがき」原稿も手書きである。はたして編集者に読めるだろうか。でもやるしかない。「われは歌えどもやぶれかぶれ」と呟きながらくねくね文字で、いまうすらさびしい話を原稿用紙に書いている。

二〇二一年十月

椎名　誠

文庫解説と暴露と告発

竹田聡一郎

こんにちは。雑魚釣り隊の竹田と申します。

本書でいえば28Pの「いまこそレンコンの声を聞け」や、214P「からいはうまい」などでしばしば登場する「釣りおよび焚き火キャンプ仲間」というのが、その雑魚釣り隊です。ひらたくいえば酒ばかり飲んでいる無反省なおっさんの集まりです。シーナさんは隊長で、不肖の身ながら僕は副隊長を務めております。

副隊長なんて要職じゃないかと思った方、そんなことはありません。七十代に突入し、より自堕落でワガママになった椎名隊長は、例えばキャンプの買い出しの際にこんなことを言うのです。

「今日の肴はブリなのか。食べ方は任せるよ。俺はもうそんなに食べられないからな。でも冷えたビールだけは切らさないでくれよな。ちょっと辛めの日本酒があるとみんな飲むだろ。メシのあとに焚き火に移る時にはウイスキーとたっぷりの氷があればいい。

たまには赤ワインもいいな。フルボディのやつ二本。小腹が減ったらうどんがあると若いヤツは食うだろうな。余ったブリはヅケで朝メシにしよう。鷹の爪も頼む」

あくまで「俺は別にいいんだけど、みんなが飲むだろ食うだろ」というニュアンスで、細かい注文をするあたり、いかにも老獪です。政治家に向いているかもしれません。

愚直な副隊長はその通りに買い物をせっせとこなし（買ってこないと怒るんだもの）、そのレシートを会計担当におずおずと提出します。すると「なんでこんなたくさん酒を買ったんだ」とツメられるのです。

「だって隊長が買ってこいって」

「それをうまくいなして、経費を抑えるのが副隊長の役割だろうよ」

「ごめん。次からは気をつけるよ」

そうして十ダースを超えるビール、痛風持ちのヤツらのための缶チューハイ四ダース、フルボディのワイン、辛口の地酒（この時は静岡だったから臥龍梅だった）が次々と消えてゆく、ほとんど竜宮城みたいな宴会が展開されます。焚き火酒にとってあるシングルモルトを勝手にハイボールにする不届き者もいます。

あろうことか、さっきまで買い出しのレシートを見てぷんぷん怒っていた会計担当のヤツも上機嫌でフルボディのワインを開けて、「ブリと赤ワインって合いますねえ。さすが隊長」とかヌカしています。副隊長は夜更けにあいつのテントの前で立ち小便をしてやろうと決意を固めます。

　シーナ隊長も「そうだろうそうだろう。もっと飲めよ。おおい竹田、まだワインあるよな」とご機嫌です。

「みんなすげえ飲むからもうないです。ウイスキーならあります」

「なんだよ、もっと買っておけよ。まあいいか。じゃあそろそろ焚き火でスコッチだな」

　あんたが二本でいいって言ったんだろが、なんてもちろん口にはしません。さきほどフライングハイボールをキメていた一部のヤカラが「あ、やべえ」と呟（つぶや）く声が聞こえてきますが、副隊長は決して慌てず、廃ボートの中に隠しておいたスコッチを恭しく提出します。ウイスキーは複数種類を買っておいて焚き火ですぐに出せるようにスタンバイしておくのは副隊長として当然のことです。

「おお、焚き火酒はやっぱりボウモアですよね」

「そうだろう。おおし、まだまだ飲もうぜ」

「ちょっと気温も下がってきたし、副隊長、薪（たきぎ）は多めにあったほうがいいですよね？」

　ついには年下のヒラ隊員すら言葉裏に「薪、拾ってこい」というメッセージを込める始末です。流木を求め暗晦（あんかい）なる海岸を彷徨（さまよ）いながら、その徳島出身の後輩に阿波（あわ）踊りを教わるフリをして渾身の裏拳をくらわせてやろうと闘志が湧いてきました。

その一方で、「副隊長、どうぞ」などと僕にお酌してくれるような後進は皆無です。中間管理職ですらありません。

いい酒と肴はシーナのもの、副隊長の手柄もシーナのもの。なんてこった。ハラスメントという言葉が取り沙汰されまくり、ＢＰＯが跋扈するこの令和に、まだジャイアニズムは息づいているのです。

こうして書いていたら、なんだか昂ってまいりましたので、もう今回はこの五十三篇のエッセイで気になる箇所をピックアップします。同行、同席した旅や宴会も多いので、特にそのあたりの裏側を暴き、シーナさんとその周辺の知られざる狂気、不都合な真実をみなさまに勝手にシェアしたいと思います。よろしくお願いします。

45Ｐ「極悪ピロリ完全掃討戦記」

雑魚釣り隊に天野という隊員がおります。最近、健康診断をしたらピロリ菌の陽性反応が出たとのことで、抗菌薬などを一日朝晩、七日間飲みながらアルコール禁止で十日間の治療をしなければならないと言います。雑魚釣り隊のライングループではお大事にというねぎらいの声がかかりました。

それを椎名隊長に報告しました。すると彼はそうかそうかと小刻みに頷いたと思うと、おもむろにガラケーを摑み取り、天野本人に電話をかけたのです。

「おう、聞いたよ。そうかそうか。今、何日目だ？　そうか、いちばん辛い時期だよなあ。今日は暑いしビールがうまいだろうし。あと六日、頑張れ。でも八％だか一二％の人は除菌できずに体内に残っちゃうらしいから気をつけて。気をつけるって言っても無理だけどな。しかしピロリ菌って名前は可愛いけど、ひどいヤツらだからな。気をつけて。じゃあまた電話するよ」

なんの電話だったのでしょう。シーナさんは人の痛風とピロリ菌の話が好きなのです。

ちなみに55Ｐ「居酒屋ドンブリ夢想旅」に登場する「一三〇キロの親方」とは、この天野のことです。余談ながら彼の好きな食べ物の一位はハンバーグで、二位はチーズハンバーグで三位が煮込みハンバーグです。

298Ｐ「文庫版あとがき」

「だってよう、わかんねえもんな」

十年くらい前、シーナさんはよくおっしゃっていました。

ここに書かれている、週刊誌のエッセイや新聞のコラムなどを月に十数本抱えていた時期です。売れない穀潰しライター（僕のこと）から見れば垂涎の受注量なのですが、本人は戸惑っているようでした。

聞けば、時事や流行に敏感な週刊誌や新聞という媒体が「このネタどうですか？」と提案してくるのが、政局だったり、経済だったり、流行語だったり、芸能人の不倫だったりしたらしいのです。

この秋でいえば例えば、皇室の結婚やYouTuberの不祥事だったりでしょうか。

もちろん媒体側の意図は不当なものではなく、むしろ当然のリクエストでしょう。でも椎名誠という作家にとっては、わからないし知らないし興味がない。知る必要もないことです。

また、最後にワープロ、富士通の「OASYS」（オアシス）が壊れたというくだりがあります。

同社はこの名機の販売を今年いっぱいで終了することを既に発表しているので、椎名さんも「俺もいよいよパソコンか」と一度は覚悟をしたようです。しかし、山口県にある専門店が修理可能ということで、愛機は不死鳥のように椎名さんの書斎に舞い戻り、椎名さんは誇張でもなんでもなくワープロを抱きしめて迎えたそうです。

これによってパソコン導入やスマホ革命といったドラスティックな転換は起こらずに、

椎名さんは今日もパタパタとタイプしているはずです。でも、きっと椎名さんにとってはパワポもクロームも「わかんねえもん」ですし、器用にスワイプやフリックをしている姿なんて想像できないどころか、見たくないような気がします。

　結局のところ我々（少なくとも僕）は、椎名誠には好きなことだけをやっていてほしいのかもしれません。

　本書を読めばその一端に触れることができますが、椎名さんの好きなものは酒と映画と相撲と麺とカツオと他人の痛風と焚き火と孫なのです。それ以外にはあまり心が動かないのではないでしょうか。

　ただ、そのぶん、「この映画のこのシーンがいい」、「森のなかのワンタンメン」、「魅力的な限界集落『信級』」などが顕著ですが、近年はその自分の好きなものに対しては、たくさんの話をしてくれるようになったと思います。

　先日も大阪でSFについての講演をして参加者をシーナSFの世界に誘っていました。コロナが明けたら宴会したい場所は奥会津と八丈島。最近、アスパラガスを見直した、なんてことも言います。

　好きな土地、大切な人、素晴らしい作品、うまい酒を語るシーナさんの瞳は好奇心と優しい狂気に満ちていて、本当に素敵です。そしてあの熱量で自分も何か語れるものを作らないとな、と気持ちを新たにさせてくれる効果もあります。

無頼で少しシャイ。でも意外とサービス精神は豊富で人を笑わせるのが好き。人の悪口は言わない。大酒を飲み、その場には多くの友人が自然と集まってくる。

椎名さんが影響を受けたという数少ない作家・宮沢賢治（みやざわけんじ）は『雨ニモマケズ』で「日照りの時は涙を流し寒さの夏はおろおろ歩きみんなにデクノボーと呼ばれほめられもせず苦にもされずそういうものにわたしはなりたい」と名文をしたためています。

その言葉を借りれば「ああいうジジイに僕はなりたい」といったところでしょうか。だから僕は副隊長として虐げられようと、椎名さんに「お前も痛風を経験すべきだよ、あの痛さについて語り合おうぜ」とか無茶なことを言われようとも、この人のそばで遊んでいたいな、と切に思うのです。

シーナさん、来月はどこ行きますかね。なにを飲みましょうかね。

（たけだ・そういちろう　ライター／椎名誠　旅する文学館館長）

初出誌：サンデー毎日
二〇一六年八月十四・二十一日号〜二〇一七年十月一日号
本書は二〇一八年十二月、集英社より刊行されました。文庫化にあたり
加筆・修正し、再編集しました。
JASRAC　出　2108884-203号

集英社文庫

われは歌(うた)えどもやぶれかぶれ

2021年11月25日 第1刷
2022年8月13日 第3刷

定価はカバーに表示してあります。

著者 椎名(しいな) 誠(まこと)

発行者 徳永 真

発行所 株式会社 集英社
東京都千代田区一ツ橋2-5-10 〒101-8050
電話 【編集部】03-3230-6095
【読者係】03-3230-6080
【販売部】03-3230-6393(書店専用)

印刷 凸版印刷株式会社

製本 凸版印刷株式会社

フォーマットデザイン アリヤマデザインストア マークデザイン 居山浩二

ISBN978-4-08-744318-9 C0195